U0558263

奥丁的子女

北欧神话故事集

【爱尔兰】帕德里克·科勒姆 著

邢小胖 译

上海社会科学院出版社
SHANGHAI ACADEMY OF SOCIAL SCIENCES PRESS

写在前面

本书的作者帕德里克·科勒姆（Padraic Colum，1881—1972），又译帕德里克·科拉姆，是爱尔兰著名诗人、小说及戏剧作家，爱尔兰文艺复兴运动（Irish Literary Revival）的代表人物之一。生于爱尔兰朗福德市，就学于都柏林的三一学院，读书时与詹姆斯·乔伊斯相识，两人成为至交。他曾发表过许多剧本，如《土地》（1905）、《托马斯·马斯克里》（1910）等，在爱尔兰文艺复兴运动的青年成员中出类拔萃。

1911年他与人共同发起创办了《爱尔兰评论》，并一度担任编辑。他出版发表过多首诗作，包括叙事诗《劳里·梅恩的故事》（1937）等，并成功地从爱尔兰文翻译诗歌。他曾为乔伊斯的书作序，并与妻子玛丽合写了一部回忆录《我们的朋友 詹姆斯·乔伊斯》（1958）。

帕德里克·科勒姆又是著名的儿童文学作家。1914年他赴美国讲学，1923年访问夏威夷，研究当地的民间传说。此后他为孩子们写了许多书，分别取材自希腊、爱尔兰等地的神话传说。他所创作的优秀儿童文学作品，以生动风趣的文笔、精彩绝伦的故事情节引人入胜，同时又在神话故事中蕴含了为人处世的哲理，令几代读者爱不释手，难以忘怀。

帕德里克·科勒姆创作的这部《奥丁的子女——北欧神话故事集》，在尊重北欧神话传说原貌的基础上，对原本有较多血腥暴力、并不是很适合所有人阅读的北欧神话故事进行了修订，突出了其中强调诚实守信、不畏艰险、善恶有报的一面，是一本十分优秀的北欧神话入门级读物。通过这些文笔生动风趣的故事，读者可以了解北欧神话传说的基本情节，一窥北欧诸神所在的宏大世界，领略北欧神话作为当今西方奇幻小说、经典传奇故事共同源头的无穷魅力。

序　言

　　帕德里克·科勒姆是说故事的能手，他用娓娓动听的语言，重述人类文明的序幕揭开之前，居住在北方圣地阿斯加尔德诸神的英雄事迹，牢牢抓住了北欧萨迦传奇故事的魔力和庄严。

　　在这些精彩绝伦的故事中，有跨过彩虹桥，到尘世米德加尔德，漫游于人类之间的"众神之父"奥丁，他为了喝上一口"智慧之泉"的水，甚至不惜以牺牲右眼为代价；有手握强大神锤，守卫着阿斯加尔德的雷神托尔；还有火神洛基，他狡黠又好恶作剧的性格，使他走上了背叛诸神的不归路；巨人、龙、侏儒和女武神瓦尔基里的故事同样动人；还有摧毁诸神世界的那可怕的最后一战，更是充满了震撼。

　　这些来自北欧的古老神话，构成了西方神话体系中重要的一支，也使本书中的故事焕发出勃勃的生机。这部经典作品初版于1920年，并于1962年再版。现在这本书又首次以中文精装本的形式呈现，并附以精美的插画，相信它能给新一代的读者带来新的启迪。

　　帕德里克·科勒姆是一位诗人、剧作家、《爱尔兰评论》的创刊者，也是爱尔兰文艺复兴运动的领军人物，但他最为人们所熟知的身份还是那些不朽的儿童读物的创作者。1961年，他因"对儿童文学作出的杰出的贡献"而被授予"女王终身成就奖"。使他名满世界的作品有《孩子们的荷马》、《金色羊毛》（此书获得纽伯瑞奖）、《阿拉丁神灯》、《爱尔兰子民之王与金色屋顶》。

目 录

写在前面   1
序言   1

第一部分　阿斯加尔德众神

远古远方   3
修筑城墙   5
青春女神和她的苹果   11
西芙的金发   22
侏儒的赌约   27
弗蕾娅的项链   35
弗雷得妻失剑   41
海姆达尔与小赫诺丝   50
奥丁的预感及离开阿斯加尔德   56

第二部分　漫游者奥丁

探访智慧泉	63
遭遇恶人	67
奥丁盗取灵酒	73
诉子生平秘密	80
托尔与洛基在巨人城	82
托尔与洛基愚弄巨人	93
海神埃吉尔的宴会	100
侏儒的宝物及其诅咒	110

第三部分　女巫之心

阿斯加尔德的噩兆	123
变节者洛基	126
洛基对抗阿萨神族	134
女武神瓦尔基里	138
洛基的儿女	142
巴德尔的厄运	147
洛基受罚	158

第四部分　伏尔松格之剑与诸神的黄昏

西格德的青春　　　　　　　　　165

宝剑格拉姆与巨龙法夫纳　　　　172

龙之血　　　　　　　　　　　　178

西格蒙德和西格妮的故事　　　　185

西格蒙德与辛菲厄特里的故事　　193

伏尔松格家族的复仇及辛菲厄特里之死　　197

火焰宫中的布隆希尔德　　　　　202

西格德在尼伯龙根族人的宫殿　　206

贡纳尔赢得美人归　　　　　　　210

西格德之死　　　　　　　　　　214

诸神的黄昏　　　　　　　　　　219

全书译名表　　　　　　　　　　224

第一部分
阿斯加尔德众神

远古远方

过去，宇宙间有过另一个太阳和另一轮月亮，但与我们今天所见的不同。那时的太阳名叫苏尔，月亮名叫玛尼。苏尔和玛尼身后总是各有一头狼[1]尾随。最终狼追上了他们，并将他们吞噬，自此世界陷入黑暗和寒冷之中。

那时世间存在着男女诸神，不但有行事亦正亦邪的洛基，还有奥丁和托尔、霍德尔和巴德尔、提尔和海姆达尔、维达和瓦利；美丽的女神弗丽嘉、弗蕾娅、南娜、伊敦恩和西芙。但当太阳与月亮被吞噬之后，除了在那之前已死的巴德尔，神们也同归于尽。奥丁的儿子维达和瓦利、托尔的儿子莫第和玛格尼存活下来。

那时世间亦存在着男女诸人。但在太阳和月亮被吞噬、诸神遭毁灭之前，世间发生了许多可怕之事。雪降落大地四方边界，一下就是三个时节。狂风不时来袭，走时卷走一切。除了暴雪严寒、暴风肆虐之外，世界一无所有，人们艰难地生存，互相攻击，兄弟相

---

[1] 两头恶狼名为斯考尔和哈蒂，参见《埃达》中的《格里姆尼尔之歌》。另一说为玛纳加尔姆和哈蒂。——编者注

残,直到所有人都归于寂灭。

当然,那时也有过另一片大地,那里森林密布、景色宜人。然而它也同样遭受了灾难的侵袭。狂风将森林、山丘和居所夷平。天火降临,焚烧大地。之后黑暗降临,因太阳和月亮已被天狼吞噬,诸神不得不遭受厄运。

以上天地变色,诸难齐降的一刻,被称为"拉格纳洛克"末日毁灭,即"诸神的黄昏"。

在苏尔和玛尼之后,又出现了一个新的太阳和一轮新的月亮,他们在天际运行,看起来比苏尔和玛尼更可人,身后也再无恶狼追逐。大地重归绿意盎然、风景如画。这时,在天火没有波及的森林深处,有一男一女苏醒过来。他俩被奥丁藏于此处,并依靠睡眠躲过诸神的黄昏。

女人名叫里夫,男人名叫里夫特拉希尔。[1]他们在世界各地游走,他们的儿女,儿女的子女不断繁衍,形成了新世界的人类。神中只剩下奥丁的儿子维达和瓦利,托尔的儿子莫第和玛格尼。在新的世界里,维达和瓦利发现了上一辈诸神刻写并留给他们的石碑。上面记录了"拉格纳洛克"末日毁灭到来之前,即诸神的黄昏到来之前所发生的一切。

生活在诸神的黄昏过去之后的人们,不用像先人那样承受给世界和众人带来毁灭的可怕灾祸,也不用为一开始就给诸神带来战争阴云的可怕存在而苦恼。

---

[1] 意为"生命"和"生命配偶",相关记载可见《埃达》中的《巨人瓦弗鲁尼尔之歌》。——编者注

修筑城墙

巨人和诸神之间总是纷争不断——巨人一方企图毁灭人类及世界，而诸神一方则试图保护人类，并使世界更趋美好。

关于诸神，我们有许多故事要讲。但最先应该告诉你的，是诸神修筑他们家园的故事。

诸神披荆斩棘，爬上高山之巅，决心在这里为自己建造一座伟大的城市，一座巨人永远无法攻克的城市。他们将这座未来的城命名为"阿斯加尔德"，意即诸神的寓所。诸神计划在山顶美丽的平原上建造它，并打算在新城四周筑起史上最高、最牢固的城墙。

一天，当诸神将要动工修建大厅和宫殿时，一位陌生人向他们走来。"众神之父"奥丁走过去，向那个人问道："你来众神之山，有何求？"

"我了解大神们的心思，"陌生人自信满满地答道，"我知道他们准备在此处建造一座城市。我没能力建造宫殿，但我有能力建造坚不可摧的城墙。让我为你们的城市建造环绕的城墙吧。"

奥丁问道："你若修筑这样的城墙，需要多长时间呢？"

"哦，奥丁，需要一年时间。"陌生人回答。

奥丁心里盘算，环城巨壁若真能筑成，那诸神就不用费神时刻防范巨人进攻阿斯加尔德了。奥丁也知道，如果阿斯加尔德的安全有了保障，那他就可以到人类中去，教授他们技艺并帮助他们。要是真能这样，奥丁觉得那陌生人开口要多少钱都不算过分。

陌生人参加了诸神大会，他发誓一年之内一定会建好城墙。奥丁也向他承诺，如果一年后城墙不缺一砖一瓦，那诸神就会满足他所提的任何要求。

陌生人当天离开了阿斯加尔德，并于第二天的清晨返回。他开始工作的那天是入夏第一天。除了一匹巨大的马，他什么帮手也没带。

诸神起初认为，这匹马除了能在城墙修筑时拉石运砖外，什么忙也帮不上。但实际上，这匹马做的比他们想的多得多。他把石块安放就位，再用砂浆把它们砌起来。这匹马起早贪黑，不分昼夜地工作，很快，城墙的雏形就在诸神所建之城的四周拔地而起。

诸神彼此交头接耳："奥丁到底会给陌生人什么奖励呢？"

奥丁兴奋地上前对陌生人说："我们对你和你马儿的工作感到叹为观止。没有人会怀疑阿斯加尔德伟大的城墙会在下一年入夏的第一天来临之前竣工。你想要什么样的奖励，我们可以提前给你准备好。"

陌生人停下了手头的工作，让那匹马继续砌石。"哦，奥丁，众神之父，"他说，"我想要的酬劳是太阳和月亮，然后让看护花草的女神弗蕾娅做我的妻子。"

奥丁感到他所提的要求简直是非分之想，不禁大怒。他走到城墙内正在修筑金碧辉煌宫殿的诸神中间，传达了陌生人的要求。男神们不悦地说："没有了太阳和月亮，世界就会消亡。"女神们也抱怨道："没有了弗蕾娅，阿斯加尔德也会黯然失色。"

诸神宁可让已经动工的城墙荒废，也不愿意答应陌生人提出的不合理要求。但神的行列中有人发话了，那就是洛基，他只能算是半神族，他的父亲是风暴巨人[1]。他以不慌不忙的口气说道："让那家伙继续围着阿斯加尔德建城墙吧。我会想办法让他放弃刚才所提的霸王条件。去告诉他，城墙必须在来年入夏第一日之前就建好，到时只要有一块石头未放好，所有的条件都无效。"

诸神便去跟陌生人谈条件，说如果在来年入夏第一天，城墙上还缺一块砖头，不管是苏尔和玛尼，即太阳和月亮，还是弗蕾娅，他都别想得到。现在他们才发现，原来这个陌生人是巨人家族的一员。

巨人和巨马干活比以往更带劲了，砌墙的速度也更快了。晚上，当巨人熟睡之际，巨马还是不停地干活，他托起石块，用巨大的前蹄把它们垒到墙基上。日子一天一天过去了，阿斯加尔德外围的城墙也一日高于一日。

诸神看到围绕宫殿的城墙日渐增高时，心里并不高兴。他们担心到了明年入夏的第一天，巨人和他的马会建好城墙，那时苏尔和玛尼，即太阳和月亮，以及弗蕾娅通通会被巨人带走。

在诸神黯然神伤之际，只有洛基气定神闲，丝毫不为所动。他不停地安慰诸神说自己一定能想个好法子让巨人和巨马的工作完不成，那时他还会让巨人为先前向奥丁漫天要价而付出代价。

斗转星移，还有三天就又入夏了。除大门处的城墙还没建好外，其他的地方都建好了，而大门上方也只差一块石头等待安放。巨人在睡觉前吩咐巨马运一块大石头来，这样他们明天一早就能把石

---

[1] 原文为 Wind Giant，一般认为洛基是巨人法布提（Fárbauti）之子。——编者注

7

块放在大门上方。顺利的话，可以提前整整两天收工。

那是一个美丽的月明之夜。巨人的巨马斯瓦迪尔法利正在拉一块大石头，这石头之大远超他过去所运过的。忽然，他看到一头娇小的牝马向他急驰而来，其貌之美是他前所未见，便吃惊地凝神看她。

"斯瓦迪尔法利，你个奴隶。"娇小的牝马边对他喊话，边撒欢驰过。

斯瓦迪尔法利放下正在拉的石块，叫住了娇小的牝马。待牝马回到他身边，巨马问她："你刚才为什么说我是奴隶？"

"因为你不得不没日没夜地帮你的主人干活，"娇小的牝马说道，"他让你一直工作、工作、工作，从不让你享受生活。你都不敢放下石块，跟我玩上一会儿。"

斯瓦迪尔法利愤愤地说："谁告诉你我不敢的？"

"我就是知道你不敢。"说罢，娇小的牝马扬起后蹄，在洒满月光的草地上奔跑起来。

其实，斯瓦迪尔法利早就厌倦没日没夜地干活了。在他看到雀跃的娇小牝马的时候，心中积聚的不满一下爆发了。他把要拉的石块留在原地，环顾四周，发现娇小的牝马正在远处回头看他，便跟在她后面跑了起来。

可他怎么也追不上娇小的牝马。她在月光下的草地上不停奔跑着，时不时回过头来看斯瓦迪尔法利一眼。他气喘吁吁地追着她。娇小的牝马沿着山坡往下跑，斯瓦迪尔法利依旧紧追不舍，不觉沉浸在重获自由的欢欣鼓舞中，清新的风、芬芳的花香都让他陶醉。当黎明到来时，他们穿越山洞，这时斯瓦迪尔法利总算赶上了娇小的牝马,他们并肩徜徉,娇小的牝马边走边向斯瓦迪尔法利讲述侏儒和精灵的故事。

接着他们来到一座果园,双双流连忘返,娇小的牝马与巨马嬉戏,她是如此迷人,让巨马完全忘记了时间的流逝。当他们在果园漫步的时候,巨人正上蹿下跳、气急败坏地四处寻找他的马。

那天早上巨人走到城墙边,打算安放最后一块石头结束工作,却发现巨石仍待运来,不在他身边。他便呼唤斯瓦迪尔法利过来帮忙,但怎么叫巨马都不响应。巨人四处寻找,他沿着山坡一路找寻,直至走遍世界各地,足迹远至巨人王国的边境,还是没有找到斯瓦迪尔法利的踪影。

入夏那天,诸神看到城墙还没完成,于是交头接耳,要是到了晚上还没建好,那就不用把太阳和月亮,即苏尔和玛尼给巨人了,少女弗蕾娅也不用嫁给他。入夏之日过去了,巨人还是没能把石头放到大门上。到了晚上,他来到诸神面前。

奥丁说:"你的工作没完成啊。之前你向我们提出了很苛刻的条件,看来现在我们不必履行它了。你得不到苏尔和玛尼,也得不到弗蕾娅了。"

"只有我修筑的城墙才会牢不可破,现在我要亲手摧毁它。"巨人愤怒地说道,他试图推倒一处宫殿。然而诸神一拥而上摁住了他,把他推到他亲手修筑的城墙外面。奥丁呵斥道:"走吧,以后别来给阿斯加尔德添麻烦了。"

洛基回到阿斯加尔德后,告诉诸神他是怎样化装成一头娇小的牝马,并且把巨马斯瓦迪尔法利引开的经过。当诸神坐在由城墙拱卫的金碧辉煌的宫殿里,为今后无人能攻破这座城市而欢庆时,众神之父奥丁却坐在宝座之上，暗自神伤，在他看来，诸神是用诡计建成了城墙，这不但违背了当初的誓言，阿斯加尔德的正义也因此受损。

青春女神和她的苹果

在阿斯加尔德有一座花园，花园里有一棵苹果树，树上结满了闪亮的苹果。你知道流逝的时光总是带走我们的青春，直至有一天我们容颜苍老，佝偻衰弱，发鬓霜白，眼神浑浊。然而，凡是每天食用阿斯加尔德土地上闪亮苹果的人，他们青春永驻，因为苹果帮他们赶走了衰老的阴云。

青春女神伊敦恩亲手照料那棵结满了诱人果实的苹果树。除了伊敦恩外，没有人能使它茁壮成长；除了伊敦恩外，也没有人能摘得了那棵树上的果实。每天清晨，伊敦恩将摘下来的果子放入篮中。每天都有男神和女神到花园里来吃苹果，苹果让他们永葆青春。

伊敦恩从未离开过花园半步。一直以来，她每天要么待在花园中，要么待在花园旁边的金色房屋中。一直以来，她每天都要听丈夫布拉吉讲述同一个故事，一个永远没有结局的故事。啊，但是有一段时间伊敦恩和她随身携带的苹果一起从阿斯加尔德消失无踪，男女诸神感到衰老日渐来袭。你可知这一切是怎么发生的？接下来我就给你讲讲这事的来龙去脉。

众神之父奥丁，经常去凡间视察人们的所作所为。有一次，他带上了洛基，就是那个有时是天使有时是魔鬼的洛基。他们在凡间游历了很长一段时间，最后来到毗邻巨人王国尤腾海姆的边境之地。

那是一块阴冷荒凉的不毛之地，寸草不生，更别提结果之林。那儿没有鸟儿，也没有其他动物。奥丁和洛基穿越此地时已经饥肠辘辘，然而举目望去，找不到一丁点儿能吃的东西。

洛基来回晃荡，最后撞见了一群野牛。他悄悄地靠近牛群，抓住并宰杀了一头小牛。他把牛肉切成了条，生了一堆火，把肉放在铁叉上烤了起来。当洛基烤肉之时，众神之父奥丁并不在场，他坐在远处思考在凡间的所见所闻。

洛基时不时往火堆上添木柴，忙得不亦乐乎。最后，他叫来奥丁。众神之父坐到火堆旁，准备开吃烤肉。

但当肉从铁叉上取下，奥丁着手去切时，发现肉还没有熟，便微笑着朝洛基示意。洛基为自己的失误感到烦恼，便把肉重新叉回铁叉上，往火堆里添了更多木柴。过了一会儿，洛基又把肉从铁叉上取下请奥丁来吃。

奥丁接过洛基递给他的肉，发现还是生的，好像压根就没放在火上烤过一样，便问洛基："这是你玩的把戏吗，洛基？"

洛基见肉还是生的，非常生气。奥丁也看出来洛基并未耍什么把戏。饥肠辘辘的洛基对着肉和火堆大发雷霆。他又把肉叉回铁叉，继续添加更多木柴。每隔一个小时他都会拿起来检查，每回他都能确定肉已经烤熟。可是每当他把肉从铁叉上取下，奥丁总会发现这肉就像第一次从火堆上取下时那样，还是生的。

这下奥丁明白这肉应该被巨人族施了什么魔法。他站了起来，继续赶路，虽然饿得厉害，但是仍然强壮有力。然而洛基不愿意离开炙烤中的肉串。他暗自发誓,一定要把肉烤熟,一定不能空着肚子离开那个鬼地方。

第二天天亮之后,洛基又拿起了肉。当他把肉从火堆上取下来的时候,感到头顶刮过一阵呼啸振翅之风。洛基昂起头,看见天空中有一只巨鹰出现,身形庞然前所未见。巨鹰飞了一圈又一圈,最后在他头顶的正上方盘旋,向他尖声喊道:"你是不是不会烤这些肉?"

洛基回答说:"是的,我烤不来。"

巨鹰又尖声叫道:"我可以帮你烤,可是烤好了,你得分我一份!"

洛基高兴地答道:"那还等什么,下来吧,帮我烤了它。"

巨鹰仍然来回盘旋,直到飞到火堆的正上方。他拍打着巨大的双翼,火越烧越旺。火势之大,是洛基前所未见。不一会儿工夫,洛基把肉从铁叉上取了下来,发现已经熟透。

巨鹰急不可耐地向洛基喊道:"我也有份,我也有份,把我那份给我。"他飞下来,迅速抓起一大块,立马吞进了肚子。一块肉吃完后,他又抓起了另外一块。就这样他一块接一块地吃着,洛基眼看就要没肉可吃了。

看到巨鹰连最后一块肉都不打算放过时,洛基生气了。他拿起之前烤肉的铁叉叉向巨鹰。只听见"哐当"一响,好像铁叉击中了金属。原来铁叉的木柄并未脱落,径直扎进了巨鹰的胸脯。洛基没有松开紧紧握住铁叉的手,巨鹰猛然飞向高空,洛基也被带向了空中。

还没回过神来,洛基就已身处云端,离地渐行渐远。巨鹰带着他朝巨人王国——尤腾海姆飞去,边飞边叫道:"洛基,我的朋友洛基,我终于抓到你了。你之前用奖赏骗我哥哥,害他白白帮阿斯加尔德修筑城墙。但是,洛基啊,今天你终于落在我手上。哦,洛基,阿斯加尔德最最狡猾的家伙。"

巨鹰一边厉声叫着,一边飞向尤腾海姆。他们飞越人类王国米德加尔德与尤腾海姆的河界。洛基看到脚下遍布冰块和乱石,异常阴森可怖。那儿绵延高山峻岭,见不到日月光照,只靠山巅地缝不时喷涌而出的火柱,把一切照亮。

巨鹰盘旋于一座巨大冰山之上,突然他使劲摇晃,铁叉从胸脯松脱,洛基也掉到了冰上。巨鹰得意地朝洛基喊道:"现在你终于落到我手里了,阿斯加尔德最最言而无信的家伙。"说罢,巨鹰丢下了洛基,飞入山间石缝中去了。

冰山上冷得要命,洛基痛苦万分。他还心存念想,认为自己不可能死在那里,他好歹是阿斯加尔德的一员,不可能是这样的死法。虽然也许小命无恙,但他感觉严寒沁入骨髓,他快要被冰山吞噬封存。

一天后,扣押洛基的人现身,不过这次不是以巨鹰的模样,而是现出了真身,那是风暴巨人夏基。

"你还是想离开冰山对吧,洛基,"夏基问道,"想回阿斯加尔德那快活之地,你在那里确实如鱼得水,虽然你只能算是半个神族出身,你的父亲是风暴巨人。"

"哦,那我可以离开这座冰山了吗?"洛基问道,脸上泪水已经冻结。

"如果你愿意付我赎金,那你就能离开冰山,"夏基回答,"给我弄些伊敦恩篮子里的苹果作为赎金。"

洛基为难地说道:"夏基,我不能给你拿伊敦恩的苹果。"

夏基甚感不快:"那你就在冰山上待着吧。"说罢,他走开了,留洛基一人在冰山上瑟瑟发抖,寒风凛冽,如刀刺骨。

不久夏基又来找洛基索要赎金,洛基只能无奈地答道:"我真的没有办法从伊敦恩那里弄来苹果。"

巨人坚定地说:"洛基,你有那么多鬼主意,一定会有办法的。"

于是洛基说道:"伊敦恩虽然能好好守护苹果,归根结底还是头脑简单。我能想办法引她到阿斯加尔德城墙外来,只要她出来就一定会带上苹果,因为她平时除了把苹果分给男神女神吃之外,其他时候苹果从不离身。"

巨人激动地说:"你一定要设法把伊敦恩引到阿斯加尔德外面来。只要她一出来,我就能把她的苹果弄到手。洛基,我要你对世界之树起誓,说你一定会把伊敦恩引到城墙外面来。发誓吧,只要你照办,我会放你走的。"

"我对世界之树伊格德拉西尔起誓,"洛基说,"只要你能带我离开冰山,我一定会把伊敦恩引出阿斯加尔德的。"

说时迟那时快,夏基变身为一头巨鹰,用爪子抓起洛基,带他飞越巨人王国尤腾海姆和人类王国米德加尔德的分界之河,把他放归米德加尔德之地。洛基于是动身返回阿斯加尔德。

此时奥丁早已返回阿斯加尔德,将洛基设法煮熟被施了魔法的牛肉之事告知诸神。诸神想到洛基穷尽一切伎俩仍然劳而无功、腹中空空,不禁哈哈大笑。当他们看到洛基回来时饿如虎狼,认为这仅是因为他久未进食，并无他由。他们更加肆无忌惮地嘲笑他，但还是把他带进宴会厅，给他最好的食物，配上从奥丁酒杯里斟出的美酒。宴会结束之后，诸神如往常一样前往伊敦恩那儿吃苹果。

伊敦恩坐在通往果园的金屋中。要是凡间有人曾经目睹过她的容颜，在如此美丽、如此善良的她面前，一定会不觉忆起自己往昔的天真无邪。她的眼睛如天空般湛蓝澄澈，她的笑容明媚无邪，好像沉浸于昔日所见所闻可爱之物的回忆之中。那一篮子色泽饱满的苹果伴她身边。

伊敦恩给男女诸神各发了一个苹果。诸神们吃了苹果，想到自己永远不会变老都非常高兴。接着众神之父奥丁用人们赞叹伊敦恩时耳熟能详的鲁纳[1]文句将她歌颂，诸神们心满意足地离开了伊敦恩的果园，回到自己金碧辉煌的宫殿中去了。

所有的人都离开了，只剩下洛基还留在那里，这位亦正亦邪之神。他坐在果园中，一直凝视着美丽单纯的伊敦恩。过了一会儿，伊敦恩开口问道："聪明的洛基，你怎么还留在这里？"

洛基答道："我想把你的苹果看得更真切。我想知道我昨天见到的苹果是不是和你篮子里的一样闪亮，色泽鲜艳。"

伊敦恩说："世上不会有苹果比我的更闪耀鲜艳。"

洛基说："我昨天看到的苹果比你的还要耀眼，香味也比你的更加诱人。"

伊敦恩一直以来都认为洛基非常聪明，因此这位聪明人所说的

---

[1] 鲁纳（rune）意为"神秘"，鲁纳文字是北欧最早的文字之一，多见于北欧古代金石器铭文，又译"如尼文字"。相关介绍参见方璧：《北欧神话 ABC》，上海书店 1990 年版，第 6 页。——编者注

话让她苦恼不已。想到世上还有苹果比她的更加闪耀,她的双眼噙满了泪水:"哦,洛基。这不可能是真的。我是亲手从果园的树上把苹果采摘下来的。我最清楚,没有苹果比我的苹果色泽更饱满、气味更芬芳了。"

洛基趁机说道:"不信的话,你可以自己去看看。那棵苹果树就长在阿斯加尔德城墙外边。哦,伊敦恩,你寸步不离阿斯加尔德,当然不可能知道世界上还长了些什么。你到阿斯加尔德外面去看看就知道了。"

美丽而单纯的伊敦恩说道:"好吧。洛基,我去看看。"

伊敦恩走出阿斯加尔德,到了洛基跟她说过的那棵苹果树所在的地方。她左顾右盼,什么也没发现。只感到头顶上有一股风呼啸刮来,她抬头仰望,看到一只巨鹰在头顶盘旋,身躯之大前所未见。

伊敦恩赶忙朝阿斯加尔德城门退去,这时那只巨鹰向她直扑过来。伊敦恩感觉自己被什么抓住带离了地面,远离了阿斯加尔德,越飞越远,远离了米德加尔德人类王国,朝遍布岩石和积雪的尤腾海姆飞去。飞越了那条在人类世界和她的出生地巨人王国之间奔流之河。最后巨鹰带她飞进了一座山的裂口处,把她丢入一个巨大的洞穴,地中喷涌而出的火柱,照亮了洞穴深处。

巨鹰松开了紧紧抓住伊敦恩的爪子,她无力地瘫坐在洞穴的地上。巨鹰的翅膀和羽毛纷纷脱落,伊敦恩这才发现掳走她的是一个可怕的巨人。

伊敦恩惊恐地大喊:"哦,你为什么把我从阿斯加尔德带到这个山洞里来?"

夏基得意地说:"这样我就能吃到你的苹果啦!"

伊敦恩愤怒地说:"想得美,我绝不会把苹果给你的。"

"你把苹果给我,我放你回阿斯加尔德。"

"不,不,绝不。我承诺过只会把苹果分给众神。"

夏基不耐烦地说道:"你不给我,那我就自己来拿。"

说罢,他从伊敦恩手里夺下篮子并打开来看。然而,当他的手碰到篮子里的苹果时,它们立马变得干瘪。巨人只好罢手,把篮子放在地上。因为他知道除非伊敦恩亲手递苹果给他,否则这些苹果对他来说毫无用处。

他对伊敦恩说道:"那你就跟我耗着吧,哪天你给我苹果,哪天你才能走。"

怪异的山洞、从大地中喷发而出的火焰、面目可憎的巨人,让可怜的伊敦恩害怕极了。一想到阿斯加尔德诸神没有了她分发的苹果,必将降临到诸神身上的厄运,她更觉得不寒而栗。

巨人又来找她。但是伊敦恩仍旧拒绝给他苹果。在山洞里,巨人每天都来骚扰她。伊敦恩越来越害怕,因为她在梦中看到阿斯加尔德诸神去了她的果园,没有人给他们苹果吃,他们能感受到彼此正日渐衰老。

事实确如伊敦恩梦中所见。阿斯加尔德诸神——奥丁和托尔、霍德尔和巴德尔、提尔和海姆达尔、维达和瓦利,他们和弗丽嘉、弗蕾娅、南娜、西芙一起每天都去她的果园。不过,再也没有人摘下果园中的果子。男神女神开始出现变化。

他们的步态不再轻盈,脊背不再挺拔,双眸也不再如露珠般明亮。他们能从彼此身上印证这种变化。衰老的厄运正降临到阿斯加尔德诸神头上。

他们意识到有一天弗丽嘉的头发会变白，容颜会失色；西芙的金发也会失去光泽；奥丁的思维将不再清晰敏捷；托尔也不再有足够大的力气随意举起并挥舞他的雷锤。意识到这点，阿斯加尔德诸神黯然神伤，对他们而言，原先金碧辉煌城中的一切似乎都变得黯淡无光。

能给诸神带去青春、气力、神采的苹果的主人去了哪里呢？诸神找遍了整个人间也没发现伊敦恩的任何踪迹。奥丁反复思量，想到了一条能找到伊敦恩所在之地的妙策。

他召唤自己的两只神鸦，尤金和莫宁[1]。这两只乌鸦在人间和巨人王国内来回穿行，古今未来之事，它们无所不知无所不晓。两只乌鸦飞了过来，一只落在奥丁的左肩，一只落在他的右肩，告诉了奥丁那个不为人知的秘密：巨人对诸神享用的苹果的觊觎，以及洛基诱骗美丽单纯的伊敦恩的原委。

奥丁把从神鸦那里得来的消息公布于诸神大会。雷神托尔怒不可遏，他上前一把按住了洛基。洛基感到自己被力大无比的雷神牢牢抓住，动弹不得，颤颤地说道："哦，托尔，你想把我怎么样？"

托尔答道："你用诡计哄骗伊敦恩离开阿斯加尔德。我要把你投进大地的裂缝里，然后用雷来劈你。"

大惊失色的洛基赶忙求饶："哦，托尔，行行好吧，别那样做，你的雷会让我粉身碎骨。让我继续待在阿斯加尔德吧，我一定设法让伊敦恩回来。"

托尔说："根据诸神的裁决，你这个狡猾的家伙必须去尤腾海

---

[1] 这两个名字本义为"思想"和"记忆"。——编者注

姆，用计把伊敦恩从巨人那里救出来。赶紧去，不然我就把你投进地缝，用雷劈死你。"

"我去，我去。"洛基赶忙答道。

洛基从奥丁之妻弗丽嘉那里借来了她所拥有的羽衣，他披上羽衣化作一只猎鹰飞到尤腾海姆。

洛基找遍整个尤腾海姆，碰到了夏基的女儿斯卡娣。他故意飞到斯卡娣前面，引诱巨人少女抓他收作宠物。一天，巨人少女把洛基带去了一个山洞，那就是美丽而单纯的伊敦恩所在之处。

当洛基看到伊敦恩，知道已经事成一半。现在他必须救伊敦恩离开尤腾海姆，带她回阿斯加尔德。他不再跟斯卡娣做伴，而是径自飞上了山洞的峭壁。宠物的失踪让斯卡娣伤心流泪，但她还是停止了寻找呼唤，离开了山洞。

亦正亦邪的洛基飞到伊敦恩坐处并同她交谈。伊敦恩发现阿斯加尔德诸神中的一员就在身边，高兴地哭了。

洛基告诉伊敦恩接下来要做的事。诸神赐予洛基的咒语使他得以把伊敦恩变成一只麻雀。不过在这之前，伊敦恩先把苹果从篮子里拿了出来，并把它们藏到巨人永远不会找到的地方。

斯卡娣回到山洞时看到猎鹰飞出，身边跟着一只麻雀。她哭着跑去告诉她的父亲。夏基知道那猎鹰就是洛基，而麻雀就是伊敦恩。他立马化身成巨鹰去追他们。尽管这时猎鹰和麻雀已不见踪迹，夏基知道自己比他们飞得更快，于是仍朝阿斯加尔德飞去。

不久，夏基就看到了洛基和伊敦恩。他俩已拼尽了全力，但巨鹰扇起的旋风仍逐渐朝他们逼近。阿斯加尔德诸神站在城墙上，看到猎鹰和麻雀身后紧跟着一只巨鹰。他们知道前面的是洛基和伊敦恩，后面是紧追不舍的夏基。

目睹巨鹰离猎鹰和麻雀越来越近，诸神很担心他们会被抓住，若是这样伊敦恩又要被夏基掳走。于是他们在城墙上点起巨大的火把，因为诸神知道洛基能在火焰中找到出路，而夏基却不能。

猎鹰和麻雀朝火焰飞去，洛基带着伊敦恩在火焰中穿行。夏基也逼近了火焰，可是他找不到出路，只能用翅膀使劲扑打火苗。最终，他从城墙上掉了下来，死神在关照洛基之前先找上了他。

这样，伊敦恩又回到了阿斯加尔德。她还是坐在通往果园的金屋中，亲手从树上采摘闪亮的苹果，再把苹果分发给诸神。阿斯加尔德诸神的步履又变得轻快起来，他们的双眸和脸颊又恢复了神采，衰老的威胁再也不会迫近。伴随青春回到阿斯加尔德之地的还有往日的欢声笑语。

西芙的金发

阿斯加尔德众神几乎都对洛基愤怒至极，阿萨神族的男女诸神及他们的朋友华纳神族无一例外。其实这也难怪，因为洛基竟然帮助巨人夏基掳走伊敦恩和她的苹果。然而不得不说的是，诸神表达愤怒的方式太矫揉造作，以至于使洛基更加放心大胆地在阿斯加尔德兴风作浪。

一天，洛基又瞄到了一个机会，这让他心中雀跃不已。他看到雷神托尔的妻子西芙正躺在屋外睡觉，一头迷人的金发披散周身。洛基深知托尔多么喜爱西芙的这一头秀发，也明白西芙多么以此为傲。他自觉大干一场的时机到了，好不得意地拿出剪刀，剪掉了那一头金发，没留下一丝一缕。当这一珍宝被夺走的时候，西芙并未察觉。洛基给西芙留下的是一个被修理过的光光的脑袋。

托尔之前出门在外，当他返回诸神之城，走进家门，发现妻子并未同先前那样在家里迎接他的到来。他叫西芙的名字，也不再有甜美的回应。托尔寻遍了诸神的居所，也没有找到他那留有一头金发的娇妻。

等他再回到自家屋前的时候，听到有人小声念叨他的名字，他停了下来，一个人影从石头后面闪现。那个人头上披着面纱，一开始，托尔几乎没认出来那就是他的妻子西芙。当他向她走去，西芙不停地抽泣。"哦，托尔，我的丈夫，"她哽咽道，"别看我，你的目光会让我无地自容。我应该离开阿斯加尔德，离开诸神的陪伴。我要去斯华特海姆，和那里的侏儒们生活在一起。我不能忍受阿斯加尔德众神将要看我的眼神。"

托尔不解地大声喊道："哦，西芙，到底发生了什么事让你变成现在这样？"

"托尔，我的头发全没了，"西芙回答说，"我不再拥有那一头你所钟爱的金发了。你肯定不会再爱我了。所以，我得离开这里，下到斯华特海姆去，与那里的侏儒们作伴，我现在的样子同他们一样不堪。"

说罢，西芙揭下了头上的面纱，托尔发现她的秀发不翼而飞。她站在他面前，羞愧难当，悲痛欲绝。见此情景，托尔怒火中烧。"西芙，这是谁干的？"他问，"我托尔可是阿斯加尔德众神中最强壮有力的神，我保证会集诸神之力为你讨回公道。跟我来吧，西芙。"他拉着西芙的手去了议事大厅，那是诸神集会的地方。

西芙重用面纱遮头，不想让诸神目睹她光秃秃的脑袋。但看到托尔双眼迸发的怒火，众神明白西芙受到了不可饶恕的伤害。托尔向他们讲述了西芙的遭遇。很快，窃窃私语如涟漪在议事大厅中扩散开来。大家交头接耳："这一定是洛基干的。在阿斯加尔德除了他，没有人能干出这种伤天害理的事来。"

"正是洛基干的，"托尔说道，"现在他已经躲藏起来，但是我会把他揪出来，亲手将他碎尸万段。"

"不要这样，托尔，"众神之父奥丁开口劝解道，"阿斯加尔德诸神没有谁能杀死谁。我会召唤洛基到我们面前，你让他想办法使西芙美丽的金发复生。你要记得，洛基这个人有许多鬼点子，许多事情他都能办到。"

接着，奥丁的传令响彻诸神之地，他的传令一响，阿斯加尔德诸神都必须应命。洛基听到了诏令，不得不离开藏身之地，到诸神聚集的议事大厅去。面对托尔的熊熊怒火、奥丁的冷若冰霜，洛基知道自己不得不为他对西芙所做的坏事作出补偿。

奥丁开口道："洛基，你眼下必须做的是恢复西芙的一头秀发。"

洛基看看奥丁，又看看托尔，明白奥丁所说必须办到。他灵活的脑瓜左思右想怎样才能使西芙的一头金发复生。

"奥丁，众神之父，我会按您的旨意行事。"他这样答道。

在向你们讲述洛基如何复原西芙秀发的故事之前，我得先向你们介绍那时除了阿萨神族的男女诸神，世间还存在的其他神灵。首先是华纳神族。当阿萨男神来到他们将兴建阿斯加尔德的高山峻岭，在那儿发现了另一神族的存在。他们不像巨人族那样邪恶丑陋，而是美丽友善。阿萨诸神称他们为华纳诸神。

虽然华纳神族长相俊美，性格和善，不过他们并没有把世界变成一个更美丽、更幸福居所的宏愿，而阿萨诸神则以此为己任，这也是两大神族的区别所在。阿萨神族与华纳神族和睦相处，友谊长存，后者也愿为前者的志愿助上一臂之力。弗蕾娅就出自华纳神族，先前巨人想把她和日月一起掳走，当作修筑阿斯加尔德城墙的奖赏。还有弗蕾娅的哥哥弗雷、兄妹俩的父亲尼奥尔德，他们均属华纳神族。

在阿斯加尔德脚下，地面附近，还有其他群体——美丽的精灵，他们四处展翅起舞，照料树木和花草。华纳神族获准管理他们。在地下的山洞和山谷里，有另外一个族群，他们是身材矮小、身形扭曲的侏儒和地精。他们虽然既邪恶又丑陋，却有着世上最精湛的铁匠技艺。

在不受阿萨诸神和华纳诸神待见的那些日子里，洛基曾到过地下侏儒们的聚集之地斯华特海姆。现在他受命要恢复西芙的秀发，便想到也许可以从侏儒那里得到些帮助。

洛基沿着地底的风道一直往下走，最终来到对他最友善的侏儒们的打铁作坊。所有的侏儒都是打铁高手，他撞见他们手握铁锤铁钳，把金属打成不同的形状。他在一旁观摩一会儿，留意他们所造之物。其中一件是支长矛，打造得如此匀称，能击中任何瞄准的目标，不管投掷者的技术有多么糟糕。另一件是艘船，可以在任何海域中航行，折叠之后竟然可以装进口袋。这杆长矛叫冈尼尔，船叫斯基布拉尼尔。

洛基与侏儒们打成一片，夸赞他们的手艺，允诺赠给他们只有阿斯加尔德诸神给得起、侏儒们眼红已久之物。洛基滔滔不绝地忽悠，直到这些外貌丑陋的家伙以为他们有朝一日能把阿斯加尔德及其中的一切据为己有。

最终，洛基开口问道："你们可有上好的金条能打成美丽至极的金丝，就如同托尔之妻西芙的金发？只有侏儒才能造出如此精湛之物。啊，那边就有金条，把它打成上好金丝，诸神将会嫉妒你们的作品。"

被洛基吹捧得晕头转向，打铁作坊里的侏儒们拿出上好的金块，投入炉火当中。接着把它取出放到铁砧之上，用他们的小锤子反复敲打，直到打成细丝，精致细密如人的发丝。但是这还不够，他们还必须把这些细丝打成犹如西芙秀发那般美丽，世上无一物可以与之比肩。他们一遍又一遍地锤打那细丝，直到它们可与西芙头上的金发相媲美为止。这些金丝同阳光一样夺目闪亮，当洛基撩起一股打造完成的金线，它们竟从他抬起的手中滑落到地上。那是如此精巧，可以放在洛基掌中；又是如此轻盈，鸟儿都觉察不到它们的分量。

这下洛基对侏儒更加溜须拍马，对他们许下的承诺也越来越多。他们全都为洛基倾倒，纵使平日他们其实并不友善且生性多疑。最后洛基在离开之前，向他们索要之前看到他们打造的长矛和船，就是冈尼尔之矛和斯基布拉尼尔云船。侏儒把这些通通给了洛基，虽然事后他们自己也对当初的举动感到诧异。

洛基回到了阿斯加尔德，走进诸神聚集的议事大厅。这次面对奥丁严厉的目光和托尔愤怒的眼神，他以微笑打趣着应对："哦，西芙，摘掉面纱吧。"当可怜的西芙揭下面纱的时候，洛基将掌中所握的绝美金丝置于她光秃秃的脑袋上。金丝从西芙的头顶倾泻至她的双肩，和她之前的头发一样美丽，一样柔软，一样夺目。阿萨男女诸神和华纳男女诸神看到西芙的头上重披金发，光泽闪耀，高兴地欢笑鼓掌。那一头耀眼的金丝在西芙头上看起来就像是真的生长出来一般。

侏儒的赌约

洛基想再次拉拢阿萨诸神和华纳诸神,便拿出之前从侏儒工匠那里得到的两件绝妙的宝物——永恒之矛冈尼尔和斯基布拉尼尔云船。阿萨诸神和华纳诸神都对这两样东西惊羡不已。洛基把矛送给了阿萨神族的主神奥丁,送给华纳神族主神弗雷的则是那艘船。

这两件礼物是如此精妙又好用,阿斯加尔德诸神为此欢欣鼓舞。目睹此景,靠着赠送礼物大出风头的洛基颇为得意,不禁夸口:"除了为我工作的侏儒外,再也没有人能做出如此神物,虽然还有其他矮人,但他们的手艺正和他们的外貌一样拿不出手。只有我的侏儒奴仆才有如此鬼斧神工。"

不得不说,陷入自我膨胀中的洛基说了一番蠢话。除了为他工作者外,还有其他侏儒存在,其中一个恰巧在场。他站在奥丁宝座暗处,那些话听得清清楚楚,洛基对此则一无所知。听到洛基如此吹嘘,那人快步走向洛基,他矮小又奇形怪状的身体气得发抖。他就是勃洛克,侏儒中最刁钻刻薄者。

"我说,洛基,你这自吹自擂的家伙!"他吼道,"你的话真是胡扯。我的兄弟辛德里才是斯华特海姆最出色的铁匠,他才不屑听你使唤。"

阿萨和华纳诸神乐得看到洛基的牛皮吹到一半就被勃洛克拆穿，他们爆发出的笑声让洛基倍感恼怒难堪。

"住嘴，矮子！"洛基反击道，"叫你兄弟去我的侏儒朋友那里，看看怎么做真正的铁匠活计，去向他们讨教讨教。"

"要他去向你朋友讨教！我的兄弟辛德里得向你朋友讨教？！"勃洛克越发气愤，他怒火中烧地咆哮，"要是把你从斯华特海姆拿来的东西摆在我兄弟的作品旁边，恐怕阿萨和华纳诸神连瞧都不会瞧它们一眼。"

"那下次找个机会试试你兄弟的手艺，看看他到底有多大能耐。"洛基答道。

"现在就试，现在就试，"勃洛克吼道，"我拿我的项上人头赌你的首级，洛基，我兄弟的作品会让阿斯加尔德诸神嘲笑你的牛皮不攻自破。"

"好，我跟你赌，"洛基说，"拿我的首级和你的打赌。真想看你丑陋畸形的脑袋从那奇形怪状的肩膀上滚落。"

"即使在斯华特海姆之外，我兄弟的手艺是不是最好，阿萨诸神也自有明断。他们也将见证你脑袋搬家，付出代价。阿萨诸神啊，你们愿意主持公道吗？"

"我们会公平裁决。"阿萨诸神回答。

听罢，侏儒勃洛克带着满腔怒火下到斯华特海姆，到他兄弟辛德里工作之处。

辛德里正在火光四溢的铁匠铺里工作，身边的风箱和铁砧铁锤是他的"左膀右臂"，金属原料成堆地围绕在他身边，金、银、铁、铜应有尽有。勃洛克把事情原委娓娓道来，说他怎样跟洛基打赌，辛德里能造出比洛基带到阿斯加尔德的长矛和云船更精美的器物。

"兄弟，你说的没错，"辛德里说，"你这次不会输给洛基，丢掉脑袋。但我接下来锻造之物，必须我俩齐心合力。你的任务就是照看好火，不能让火势有一瞬间的大小变化。如果你能照我说的做好，我们的成果一定堪称奇迹。开始吧，兄弟，拉起风箱，不要停歇，让火势始终处于你的掌控之中。"

过了一会儿，辛德里开始将原料投入火中，不过他投的不是金属，而是一张猪皮。勃洛克一直拉着风箱，不让火势有一瞬间的大小变化。在熊熊火焰中，猪皮鼓胀起来，变得奇形怪状。

然而勃洛克的工作并非一帆风顺。一只牛虻飞进铺子里。它停在勃洛克的手上狠狠蜇咬。勃洛克痛得叫了起来，即便如此仍手不离风箱，只为了保证火势平稳。因为他知道那牛虻就是洛基所变，他正使出浑身解数想把辛德里的作品毁灭。牛虻对勃洛克的双手蜇了又蜇。即使感到两手剧痛，如被铁条烫烙，勃洛克还是一刻不停地拉着风箱，好让火势不会忽大忽小。

辛德里来到铺里查看火势，对着火里逐渐成形之物念诵咒语。那时牛虻已经飞走。辛德里吩咐他的兄弟停工，然后取出已经在火中成形之物，用铁锤反复敲打。一只全身金黄的野猪成形了，它真算得上是一件奇珍异宝，可以在空中飞舞，飞翔时全身鬃毛流溢出闪亮的光芒。勃洛克忘记了手上疼痛，高兴地嚷道："这真是最伟大的奇迹啊，阿斯加尔德众神一定会判洛基输掉，这下我要让他的脑袋落地！"

然而，辛德里却说："金鬃野猪还不能媲美冈尼尔之矛和斯基布拉尼尔云船。我们必须造出些更出彩的奇迹之物。兄弟,你还像之前那样拉风箱,一定要让火势平稳,不让它有一瞬间大小变化。"

辛德里拿起一块金块,它光芒四射,足以照亮侏儒们工作的黑暗洞穴。他把金块丢进了火中,然后出门准备其他事项,留下勃洛克一人拉着风箱。

牛虻再次飞来。勃洛克起先还没察觉,直到牛虻停在他的颈背上。牛虻叮着他不放,钻心的疼痛让勃洛克觉得自己好像被肢解了一样。即便如此,他还是没有撒手地拉着风箱,因此火势还是无比稳当。当辛德里再次进来查看火势,勃洛克已经疼得说不出话来。

辛德里对着火中正在熔化的金块又念了一通咒语。把它从烈火中取出来放在铁砧上敲打。过了一会儿,他向勃洛克展示一物,它好像太阳的光环一样。"这是一只无上臂环[1],我的兄弟,"他说,"它为神明的右臂打造,还隐藏着神奇魔力,每隔九天的晚上,就会生出八只,同它自己一模一样。这就是聚宝之环德罗普尼尔。"

"我们应该把这个臂环献给奥丁,他是众神之父,"勃洛克兴奋地说道,"奥丁一定会向诸神宣布阿斯加尔德从未接收过如此精妙、泽被诸神的宝贝。哦,洛基,狡猾的洛基,你的人头落地真是咎由自取!"

可是辛德里制止道:"哦,兄弟,你别高兴得太早。我们目前是做得不错,但是还得做出更好的作品让诸神心甘情愿地把洛基的脑袋为你奉上。你还是继续拉风箱,别让火势有一刻波动。"

这次,辛德里扔进火里去的是一块铁。接着,他出门去取打铁

---

[1] 另一说为戒指或手镯,此按原文意思译出。——译者注

用的锤子。勃洛克继续拉着风箱，想着牛虻可能再度光顾，他浑身颤抖，只有那拉着风箱的手得以稳住。

他看到那只牛虻又窜入铺子里，它围着勃洛克不停打转，想找一个叮起来最痛的地方下口，最后它停在他的前额上，正在勃洛克双眼之间。牛虻第一口下去，他的眼睛就看不见了。牛虻又叮了他一口，他感到有血流了下来。双目失明的勃洛克只觉岩洞瞬间变得漆黑一片，虽竭尽全力用手拉着风箱，却不知火势大小是否适当。他大声叫唤，辛德里匆忙赶来一看究竟。

辛德里仍然对着火里的铁块念诵咒语，然后把它从火里掏了出来。他说："只差一点，这活儿就完美了。但是因为你让火势减小了一瞬，所以这件成品比理想的效果还差一点。"他把这块已在火中初步成形的铁块放在铁砧上，打了起来。当勃洛克的双眼重见光明，他看到一把巨锤，完完全全用铁铸造。看起来锤柄好像长度不够，头重脚轻。那是因为它在火中成形的时候，火势减弱了一瞬。

辛德里对勃洛克说："这把锤子是米奥尔尼尔之锤，是我最拿得出手的东西。阿斯加尔德诸神看到这把锤子一定都会非常高兴。只有力大无比的托尔才能挥舞得起，我丝毫不怀疑阿斯加尔德诸神会做出怎样的裁决。"

勃洛克自信满满地大声说道："阿斯加尔德诸神一定会判我们胜利。洛基，你这折磨我的家伙，你的脑袋将会归我。"

辛德里又补充说："没有别的东西会比这几样更出彩，更能让阿斯加尔德诸神获益。你的脑袋不但保住了，还能取走洛基那个对我们无礼之徒的项上人头。到时候你把他的脑袋带到这儿来，我们把它丢到火里。"

阿萨诸神和华纳诸神坐在阿斯加尔德的议事大厅里，一排侏儒出现在他们面前。勃洛克打头阵，后面跟着一群矮人，他们抬着的宝物沉甸甸。勃洛克及随员团团围在奥丁宝座周围，聆听众神之父的教诲。

"我知道你们为何离开斯华特海姆来到阿斯加尔德，"奥丁对他们说，"你们是来向诸神进献精妙而有大用的宝贝。来吧，勃洛克，让我们看看你的宝贝。如果它们确实比洛基从斯华特海姆带来的冈尼尔长矛和斯基布拉尼尔云船更好，更有用，那我们就判定赌约的胜方是你们。"

勃洛克命令在一旁待命的侏儒向诸神展示辛德里制作的第一件宝贝。他们拿出的是金鬃野猪。野猪绕着议事大厅飞了一圈又一圈，撒下缕缕光辉。阿斯加尔德诸神议论纷纷，认为它确实堪称奇迹。不过无人会说它能比得上阿斯加尔德已有的冈尼尔长矛，因它能稳稳投中目标，不管投手的技术有多么糟糕；或是比得上斯基布拉尼尔云船，因它能在任何海域航行，又能折叠成口袋大小。

勃洛克把那只奇妙的野猪送给了华纳神族的首席弗雷。

与会的矮人们接下来又向诸神展示那只臂环，它犹如太阳的光环一般闪亮。诸神都对这只尊贵的宝物啧啧称奇。当矮人们说到它能在每隔九天的晚上就产出一模一样的其他八只，诸神议论的声音明显提高了不少，都说聚宝之环德罗普尼尔确实堪称神物。听到诸神议论声高涨，勃洛克用胜利者的目光看看洛基，后者双唇紧抿，静立一旁。

勃洛克把这只尊贵的臂环献给了众神之父奥丁。

之后，勃洛克又要与会的侏儒们把米奥尔尼尔锤子放到托尔面前。托尔操起大锤，在自己头顶挥舞，随之大喝一声。诸神看到手握米奥尔尼尔之锤的托尔时，都觉眼前一亮，不禁发出这样的赞叹："这是一个奇迹，实在是个奇迹！有了这把锤子，谁都无法阻挡托尔，我们的常胜将军。阿斯加尔德再也没有比这把锤子更厉害的武器了。"

于是众神之父奥丁在宝座上发话，作出如下裁决："勃洛克带到阿斯加尔德来的锤子确实了不起，也确实能让诸神获益。锤子在托尔手中能夷平高山，也能打击阿斯加尔德城墙外面的巨人部落。辛德里造出的东西确实比冈尼尔长矛和斯基布拉尼尔云船更为出色。诸神对此都无异议。"

勃洛克看着洛基，咧嘴露出粗陋的牙齿，得意地叫道："洛基，把你的脑袋交上来，交上来服输。"

一旁的奥丁开口劝阻："别提这么无理的要求。你可以给洛基任何其他惩罚，因为他嘲弄过你，折磨过你。就让他尽最大能力补偿你。"

"我不要这样，不要这样！"勃洛克叫道，"你们共住在阿斯加尔德会相互包庇。但输家要是换作是我，又会怎样？洛基一定会要了我的脑袋。现在是他输了，让他跪下来，我来行刑。"

洛基走上前来，抿紧的双唇带着笑意，他说："矮子，我会在你面前跪下。你可以把我的脑袋取走，但是你要小心，别碰我的脖子。我们之前打赌的时候，可没有说你可以碰我的脖子。如果你敢碰一下，我就召集阿斯加尔德诸神给你点颜色看看。"

勃洛克往后退了退，咆哮道："这就是你们阿斯加尔德众神的裁决？"

奥丁说："洛基，你定的赌约是不义的，你也必须承担这不义赌约带来的恶果。"

怒气冲天的勃洛克看着洛基，察觉了他嘴角的笑意，越发暴跳如雷，他走上前对洛基说："我可以不要你的脑袋，但是我要治治你这张嘲笑过我的嘴。"

"矮人，你想做什么？"托尔问道。

勃洛克说："我要把洛基的嘴唇缝起来。这样一来他就不能四处瞎说招摇撞骗了。你们阿斯加尔德诸神谁也阻挡不了我。跪下，洛基，跪在我面前。"

洛基环视阿斯加尔德诸神，发现他们也同意判决他必须跪在矮人面前，便皱着眉头跪了下来。勃洛克说："洛基，把你的嘴巴闭起来。"洛基只得抿紧双唇，怒火在眼中翻滚。勃洛克从腰间取下一个锥子，用它在洛基的嘴唇上戳出一个个的洞，又拿细绳穿进去系紧。完事之后，他用胜利者的神态看着洛基。

"哦，洛基，"他说，"你不是吹嘘为你干活的矮人工匠强过我兄弟辛德里吗，现在你的谎言已被拆穿。以后你再也不能说半句瞎话了。"

侏儒勃洛克带着无上的威仪走出议事大厅，后面尾随着与会的矮人，他们列队行进，沿着地中的通道往地下走去，嘴里唱着赞颂勃洛克战胜洛基的凯旋曲。此后，在斯华特海姆，辛德里和勃洛克的战绩传颂不息。

现在，洛基的嘴巴已被缝上了，阿斯加尔德得以从接连不断的恶作剧中获得片刻的安宁喘息。阿萨诸神和华纳诸神目睹低着头默默行走的洛基，没有一个流露出同情惋惜。

弗蕾娅的项链

　　就这样，洛基低着头在阿斯加尔德穿行，一言不发。众神见状纷纷议论道："这下洛基知道厉害了，不敢再玩什么鬼把戏。"然而，他们并不知道，洛基之前的所作所为已经埋下了隐患，它萌芽滋生，影响与日俱增，给美丽的华纳女神弗蕾娅心头带去感伤，弗蕾娅就是巨人在阿斯加尔德修筑城墙时曾打算索为酬赏，同太阳、月亮一起带走的女神。

　　弗蕾娅目睹了洛基带入阿斯加尔德的奇迹之物：西芙那金丝做成的头发、弗雷那头飞翔时鬃毛会发光的野猪。这些金子做成的东西使她眼花缭乱，朝思暮想，魂牵梦绕，梦想自己也能够拥有这样一件奇珍异宝。她常暗自思忖："如果我动身前去三大女巨人所在的山顶，她们会送我哪些精美的玩意儿？"

　　很久很久以前，那时环绕阿斯加尔德的城墙还未修建，诸神只建起了十二个议席的议事大厅，还有奥丁及女神们的宫殿。曾有三位女巨人造访阿斯加尔德。她们来时铁匠作坊已经竣工，诸神着手打造金属物件，以供建造房舍时所需，它们均由纯金制成。诸神用黄金为奥丁建了宫殿格拉兹海姆，用黄金制作餐盘和家用器物。那时称得上是诸神的黄金时代,众神不吝于把黄金与任何人分享,他们是快乐的化身。阿斯加尔德土地上没有一丝阴霾笼罩,也没有一丝不祥的征兆。

但是在三位女巨人来到阿斯加尔德之后,诸神变得异常重视黄金,还把它们藏起来,再也不加把玩。他们与最初单纯美好的日子渐行渐远。最后三位女巨人被驱逐出境。诸神也不再一门心思囤积黄金,他们建起自己的城市,并将自己武装到牙齿。

现在弗蕾娅,可爱的华纳神族新娘,把那三个女巨人的事情,以及她们所持金光闪闪的黄金宝物细细思量。但她并没有对丈夫奥德吐露自己的念想。因为,奥德比阿斯加尔德土地上的任何神祇都喜欢回忆那无忧无虑的纯真岁月,那是未被黄金束缚、单纯美好的黄金时代。他是不会让弗蕾娅靠近三个女巨人盘踞的山顶的。

弗蕾娅一直想着三位女巨人的事,无法克制对她们手里黄金宝物的无尽渴望。她自言自语道:"为什么我去找她们要先让奥德知道?如果我不说,没有人会让他知道。即使我去寻找她们,为自己要些可爱珍宝,也不会有什么影响,我对奥德的爱不会因这次自作主张而减少一丝一毫。"

一天,她趁奥德和她年幼的孩子赫诺丝玩耍的时候,离开了他。她离开宫殿,下降到地上。在那里,她待了一段时间,还打理了一下自己管辖范围内的花草。后来,她便向精灵打听三个女巨人所在的高山位于什么地方。

精灵们非常害怕,没有告诉她怎样去找女巨人,即便弗蕾娅是统治他们的王后。于是,弗蕾娅离开精灵,悄悄下潜至侏儒们所在的洞穴。后来就是这些侏儒告诉了她女巨人的住处,但在给她指路之前，侏儒让弗蕾娅饱尝了屈辱和痛苦。

侏儒中的一个对弗蕾娅说道："如果你愿意同我们待在一起，我们可以给你指路。"

弗蕾娅问道："你们想让我在这里待上多久？"

侏儒们紧紧围住弗蕾娅说道："等到斯华特海姆的公鸡报晓后你再走。我们想知道和华纳神族的一员共度良宵是什么感觉。"

弗蕾娅答道："好的，我会留下。"

一个侏儒走上前来，把胳膊绕在弗蕾娅的脖子上，用丑陋的嘴吻她。弗蕾娅竭力想避开，但是侏儒抓住了她，说道："在公鸡报晓前，你不能离开我们。"

侏儒们一个接一个地扑上来吻她，让弗蕾娅坐在他们身边成堆的兽皮上。只要弗蕾娅哭泣，他们就对她大吼大叫，拳打脚踢。只要弗蕾娅不吻在他们的嘴上，他们就会咬她的双手。就这样，她跟侏儒们过了一夜。

第二天侏儒们指给她女巨人所在的高山，被逐出阿斯加尔德后她们的居所就在那山顶。女巨人在山巅坐视人间。一个名叫古尔薇格的巨人问弗蕾娅道："奥德的妻子，你想让我们给你些什么呢？"

弗蕾娅叹气说道："哎，我已经找到你们，我知道不应该再向你们索要什么了。"

第二个女巨人说道："说吧，华纳女神。"

第三个女巨人一言不发，用手抓起一条式样新奇的黄金项链。"看它是多么闪亮！"弗蕾娅惊叹道，"你们在坐处投下阴影，可是你们拿着的项链熠熠生辉，给四处带去光明。哦，如果我能戴上它，将有多么荣幸！"

名叫古尔薇格的巨人说:"这条项链名唤布里希嘉曼。"

那手拿项链的女巨人说:"奥德的妻子,这条项链给你佩戴。"

弗蕾娅拿走了这条金光闪闪的项链,绕过脖颈把它戴上。她不敢上前表达对女巨人的谢意,因为她从她们眼中看到了恶意。然而,她还是对她们鞠了一躬,接着离开了女巨人坐视人间的那个山头。

过了一会儿,弗蕾娅低头瞧着颈上所戴的布里希嘉曼,所有的痛苦顿时烟消云散。这可是手工能做出的最精美的项链,阿萨女神和华纳女神中还没有谁拥有过如此美丽之物。布里希嘉曼让她看起来越发动人。弗蕾娅心想,如果奥德看到这条项链让她变得如此美丽、如此开怀,一定会原谅她的所作所为。

她从花丛中起身,告别了娇弱的精灵们,向阿斯加尔德走去。凡是在路上和她打招呼的人,看到她戴着的那条项链后都面露惊异,久久注目。从阿萨女神们的眼中,弗蕾娅看到了她们见到项链之后流露出的渴慕之情。

然而,欢欣雀跃的弗蕾娅根本顾不上停下来和这些人说上一句。她急不可耐地奔向自己的宫殿。她要在奥德面前展现自己的美艳,赢得他的原谅。她走进金碧辉煌的宫殿,呼喊奥德的名字。没有人回应。她的孩子赫诺丝在地上玩耍。弗蕾娅将她抱进臂弯,但这孩子看到布里希嘉曼时竟别过头去哭了起来。

弗蕾娅只得放下赫诺丝,继续寻找奥德。家里到处不见他的踪影,弗蕾娅走遍了阿斯加尔德其他神的居所,打听奥德的消息。没有人知道他去了哪里。最后,弗蕾娅又回到自己的宫殿,翘首期盼奥德返家。但是,奥德再也没有回来。

有一个人向弗蕾娅走去,她就是奥丁的妻子,威严的王后弗丽嘉。"你在等你的丈夫奥德吧，"弗丽嘉对弗蕾娅说道，"啊，我告诉你吧，奥德不会来这儿找你。你为了得到这金光闪闪的东西而做出的事让他很不高兴，他走了。奥德已经离开阿斯加尔德，没有人知道该去哪里找他。"

弗蕾娅说道："那我就到阿斯加尔德之外找他。"说罢，她停止了哭泣，把小赫诺丝抱起交到弗丽嘉怀里。她坐上了由两只猫拉着的车子，从阿斯加尔德下到米德加尔德大地去寻找自己的夫君。

一年又一年过去，弗蕾娅走遍了大地的每一个角落，寻找呼唤失踪的奥德。她甚至去到大地的边界，从那里能看到巨人之国尤腾海姆，那儿就是曾经想把她索为修筑城墙的酬劳和太阳、月亮一起带走的巨人的居所。然而，即使从彩虹桥比尔鲁斯特——这桥跨越阿斯加尔德与人类王国——走到尤腾海姆边界，她寻遍各处，还是找不到丈夫奥德的踪影。

最后她驱车往比尔鲁斯特赶去，这座彩虹桥从米德加尔德大地一直延伸到诸神的居所阿斯加尔德。彩虹桥一直由诸神的守卫者海姆达尔看守。弗蕾娅鼓起心中闪现的微弱希冀向他打听奥德的下落。

"哦，海姆达尔，"她哭诉道，"哦，海姆达尔，诸神的守卫者，如果你知道奥德去了哪里，请告诉我。"

海姆达尔答道："奥德在任何一处你还没找过的地方，奥德也在任何一处你已经找过的地方，任何寻找他的人都永远不会找到他。"

听了这番话，弗蕾娅站在比尔鲁斯特桥上伤心地哭泣。威严的王后弗丽嘉听到了哭声，从阿斯加尔德出来安慰她。

"你能给我什么安慰呢？"弗蕾娅哭着说，"如果每一个寻找奥德的人都注定找不到他，你还能怎么安慰我呢？"

"那就看看你的女儿赫诺丝吧，看看她出落成什么样儿了。"弗丽嘉说道。弗蕾娅抬起头，只见一名俊俏的少女站在彩虹桥上。她非常年轻，比任何阿萨和华纳女神都充满青春活力。她的容貌姿态如此动人，把任何看到她的人的心都融化。

这下弗蕾娅心底的缺憾得到了弥补。她跟着弗丽嘉走过彩虹桥，又回到了诸神的居所阿斯加尔德之地。在阿斯加尔德，她自己的宫殿里，弗蕾娅和她的孩子赫诺丝生活下去。

弗蕾娅的颈上还戴着那条布里希嘉曼项链，那条让她失去了奥德的项链。只是现在，她之所以还佩戴着，不是因为它闪亮夺目，而是用来警醒自己曾犯下多么大的错误。弗蕾娅的叹息和她的泪水掉落地面变成了金珠玉露。那些知晓她的故事的诗人便把她称为"泪水女神"。

弗雷得妻失剑

弗雷，华纳神族的首领，渴望见妹妹弗蕾娅一面。弗蕾娅当时已经离开阿斯加尔德许久，正在人间四处徘徊，寻觅她失踪的夫君奥德。在阿斯加尔德有一处地方，在那儿可以俯瞰世界，瞥见其间徜徉的一切。那就是宝塔希利德斯凯拉夫，奥丁高耸入云的瞭望塔楼。

希利德斯凯拉夫塔身耸入蔚蓝的天空。弗雷来到塔边，知道众神之父奥丁此时并不在上面。只有宴会中蜷伏在奥丁脚边的两头狼吉里和弗莱基[1]站在路间，挡在弗雷进入塔楼的入口前。但弗雷以诸神的语言对他们发话，奥丁的两头狼只得让他通过。

然而，当弗雷一步步登上塔楼台阶，他知道自己正在做的事是性命攸关。因为身居高位的神中，从来没有人曾经爬上塔楼顶端，在众神之父的宝座上就坐，哪怕是托尔，他是阿斯加尔德的守护者，或是光明神巴德尔，他深受诸神爱戴。弗雷自言自语道："只要能看妹妹一眼，我就死而无憾。只要我能眼观世界，就没有任何灾祸能加诸吾身。"

---

[1] 两头狼名字的本义是"贪婪"和"欲念"。——编者注

弗雷爬上了宝塔希利德斯凯拉夫，在奥丁的宝座上坐了下来。他放眼世界，看到了人间米德加尔德及其上的屋宇、城镇、农场，以及居民们。越过米德加尔德，他看到了巨人的王国尤腾海姆，那里黑山压境，冰雪覆盖。他看到弗蕾娅仍在漂泊，她面向阿斯加尔德朝着众神之城走来。弗雷于是自言自语道："能从这里看上一眼，我已经心满意足了，而且我现在还安然无恙。"

但正当他如此说着，他的目光被吸引至尤腾海姆冰天雪地间的一处住宅。他长时间地盯着那幢房子看，连自己都不知道为什么会这样。接着房门被推开，一位巨人少女出现在门口。弗雷目不转睛地凝视着她，她的容貌如此美丽，足以媲美黑夜中的星辰。少女从门口往外张望，然后又转身进屋，关上了门。

弗雷在奥丁的宝座上坐了很长时间。然后沿着塔阶而下，经过两头狼吉里和弗莱基的身边，它们对弗雷目露凶光。弗雷穿过阿斯加尔德，发现在这诸神之城中没有人可以让他心欢。那天晚上他辗转难眠，脑中满是白天所见的那个巨人少女的倩影。当第二天的晨曦降临时，他感到万分孤单，因为他想到自己与她相隔如此遥远。他又去了希利德斯凯拉夫，想爬上宝塔再看少女一眼。但这次，即便他仍然用诸神的语言同吉里和弗莱基说话，那两头狼还是不让他通过，露出巨齿向他示威。

弗雷去向他那充满智慧的父亲尼奥尔德诉说心事。尼奥尔德说："我的孩子，你所见的那个人叫吉尔达，她是霜巨人吉米尔的女儿。你必须停止对她的思念，因为你对她的爱只会给你带来不幸。"

弗雷不解地问道："为什么这会给我带来不幸？"

"因为你只有献出你最珍视的东西才能接近她。"

弗雷说:"我最珍视的东西就是我的无敌之剑。"

智者尼奥尔德说:"是的,你将会交出你的神剑。"

弗雷从腰带上解下神剑说:"我愿意交上此剑。"

尼奥尔德劝解道:"孩子,你要三思而后行。如果你失去了这把剑,在诸神的黄昏到来时,众神将同巨人作战,那时你拿什么作武器呢?"

弗雷没有说话,不过他觉得诸神的黄昏降临还是很久之后的事,便在离开时说道:"我离了吉尔达会活不下去的。"

在阿斯加尔德有一个人叫斯基尼尔。他胆大爱冒险,对自己的所言所行毫无顾忌。只有对斯基尼尔,弗雷才能鼓起勇气倾诉烦恼——其实,这种痛苦就是他擅自坐上众神之父奥丁宝座的惩罚。

斯基尼尔听了弗雷的故事后大笑不止,说道:"你,一个华纳之神,竟会爱上尤腾海姆的少女。这真是一个笑话,你想跟她结为连理?"

弗雷答道:"我只想跟她说上一句话或者向她传达我的爱意,但是精灵们离不开我的照料。"

冒险者斯基尼尔说:"如果我帮你带信给吉尔达,你拿什么作为酬谢?"

弗雷说:"我会给你我的斯基布拉尼尔云船或我的金鬃野猪。"

斯基尼尔说:"不,不,我想要的东西最好能随手使用,能时刻带在身边。把你的神剑给我吧。"

此时,弗雷想到了他父亲之前说过的话,在诸神的黄昏到来之时,诸神会同巨人交战,那时阿斯加尔德会面临险境,失去剑的他会变得手无寸铁。弗雷想到了这点,便离开斯基尼尔,沉思了很久。

与此同时，体格强壮的斯基尼尔一直在嘲笑他，他的大嘴和蓝眼中满是嘲讽之意。

弗雷对自己说："反正诸神的黄昏还早，而我不能没有吉尔达。"

他从腰间取下神剑，把它放在斯基尼尔手中说："斯基尼尔，我把剑给你。你帮我带话给吉米尔的女儿吉尔达。把这些金子和珍贵珠宝也带给她，告诉她我爱她，也期盼着她能爱上我。"

冒险者斯基尼尔说道："我会把少女带到你面前来的。"

弗雷突然想起巨人国土漆黑一片，从阿斯加尔德到那儿的路艰险可怖，便问斯基尼尔："你打算怎么到尤腾海姆去呢？"

斯基尼尔说："只要有匹好马，有把好剑，就能去任何地方。我自己有一匹神马，你又给了我一把神剑。明天我就会启程上路。"

斯基尼尔骑马跨过比尔鲁斯特彩虹桥，看到彩虹桥的看守者海姆达尔时，仍咧开大嘴，睁着蓝眼睛把他取笑。斯基尼尔的神马踏上了米德加尔德之地，又横渡隔开人间米德加尔德和巨人国尤腾海姆的河流。他沿途骑在马上，对一切都漫不经心、不计后果。穿过铁森林后他看到了把守尤腾海姆的两头丑陋怪异的恶狼。它们想把斯基尼尔和他的马撕碎吞食。好在斯基尼尔腰间佩有弗雷的神剑。它锋利的剑刃和闪现的寒光让两头巨兽胆战而退。斯基尼尔一直骑马前行，后来又遇到了一道火墙。别的马不能在火里穿行，斯基尼尔的马却可以。穿过火墙后他就到了山谷，吉米尔在此居住。

斯基尼尔来到一座住宅前，弗雷登上奥丁的瞭望塔希利德斯凯拉夫时，曾看到吉尔达进去这里。守卫吉米尔住处的几条猎犬闻风而来，围着他狂吠。但是神剑的寒光让它们不敢上前。斯基尼尔骑马至门边，驱马用蹄敲击房门。

吉米尔正在宴会大厅中和巨人朋友举杯畅饮，他们既没有听到猎犬的叫声，也没有听到斯基尼尔在门外的喧哗。然而此时，吉尔达正和自己的侍女在大厅中纺纱，她问道："谁在门外？"

"是一名骑在高头大马上的武士。"一名侍女回答。

吉尔达说道："哪怕他是我们的敌人，哪怕他杀了我的哥哥，我们都应敞开大门，给他一杯吉米尔的蜜酿。"

一名侍女跑去开门，斯基尼尔进了吉米尔的宅院。他知道吉尔达在侍女们中间。他走到她跟前，向她展示从弗雷那里带来的成堆黄金和珍贵珠宝。"最最美丽的吉尔达，只要你表达对华纳神族首领弗雷的爱意，这些就都属于你。"他如此说道。

吉尔达说："把你的金子和珠宝拿去给其他侍女吧。我不会为了这些东西答应别人的求爱。"

冒险者斯基尼尔，从腰间拔出神剑，把剑举过吉尔达头顶，口不择言地说道："接受这把剑的馈赠者弗雷的爱情，否则我就用这把剑取你的小命。"

吉米尔的女儿吉尔达，不为所动，带着嘲笑的口吻对嚣张的斯基尼尔说道："也许弗雷锋利的剑锋能让凡人的女儿瑟瑟发抖，但别想用它吓倒巨人的女儿。"

莽撞而又口无遮拦的斯基尼尔，手握神剑在吉尔达的眼前晃荡，同时用可怖的语调大声对她念起了咒语：

  吉尔达，我要用神剑来诅咒你；

刀锋触及你身,它的魔力便会显现,
　　像一株蓟那样,衰老永远伴随着你,
　　像一株蓟那样,灾祸让你无处容身[1]。

听到可怕的咒语和神剑怪异的蜂鸣声,吉尔达瘫倒在地,求斯基尼尔大发慈悲。但是斯基尼尔不为所动,宝剑在她头上闪着寒光,嘶嘶作响。斯基尼尔咏道:

　　我要把你变成最丑的少女;
　　你将为此受尽嘲讽;
　　人类、巨人都不会同情你;
　　你将和一侏儒成婚;
　　我只要用刀锋触碰一下你,
　　对你的诅咒马上就会灵验。

吉尔达跪在地上,哭着求斯基尼尔让她免受神剑的魔咒。
"除非你答应弗雷的求爱。"斯基尼尔说道。
"好,我答应,"吉尔达回答,"现在收起你的剑,喝一杯蜜酿,然后离开吉米尔的住处。"
"在你亲口答应和弗雷见面并同他说话之前,我是不会喝蜂蜜酒的,也不会从这里离开。"
"好,我去见他,与他交谈。"吉尔达答道。

---

[1] 直译是"狂风会掀翻你的屋顶"。——译者注

斯基尼尔又问道:"那你什么时候见他,和他谈谈?"

"九天后的晚上,让弗雷到巴里树林来见我。"

斯基尼尔这才收起神剑,喝下了吉尔达递给他的蜜酿,骑马离开了吉米尔的家。他想到自己为弗雷赢得了吉尔达的芳心,又想到这把神剑将永远属于自己,便高兴得放声大笑。

肆无忌惮的斯基尼尔,骑马跨过比尔鲁斯特桥时,发现弗雷正站在彩虹桥的守卫者海姆达尔身旁,等着他归来。

弗雷迫不及待地问道:"你给我带来什么样的消息?快点说啊斯基尼尔,在你下马之前就告诉我吧。"

斯基尼尔注视着弗雷,咧开大嘴,睁着蓝色的眼睛,大笑着说道:"九天后的晚上你去巴里树林见吉尔达就成。"

然而,弗雷转过身去,自言自语道:

> 一夜如此漫长,
> 两夜更不可待。
> 我是否还能活过
> 九天的煎熬?

弗雷确实度日如年。等到第九天终于来临,他在那天晚上去了巴里树林,见到了巨人少女。她看上去和那天站在吉米尔家门口时一样貌美动人。当吉尔达看到弗雷高大的身躯、尊贵的面容,暗自庆幸冒险者斯基尼尔让她答应来巴里树林。吉尔达和弗雷相互交换了金戒指,现在婚事已定,巨人少女将会成为阿斯加尔德的新娘。

除了吉尔达外，还有一位巨人少女也去了阿斯加尔德。事情的始末是这样的：

阿斯加尔德诸神都站立在城门口，准备欢迎弗雷的新娘。首先出现的却是一名全副武装的巨人少女，她并不是吉尔达。

"我是斯卡娣，夏基的女儿，"少女说道，"我父亲死在了阿斯加尔德诸神手里。我是来索要赔偿的。"

奥丁看到一名弱女子竟然如此勇敢地只身前往阿斯加尔德，便微笑着问道："孩子，你要什么作为补偿呢？"

"我要从你们当中选一个当丈夫，即便吉尔达的丈夫也不例外。我有亲自挑选的权利。"

众神听到斯卡娣的话不禁哈哈大笑。奥丁笑着说道："好，我同意让你从我们中间挑选丈夫。但是你只能看他们的脚来选。"

斯卡娣说："我同意按你们提出的任何方法。"说罢，她的目光停留在巴德尔身上，阿斯加尔德众神中最英俊的那位。

他们用绷带蒙住了斯卡娣的眼睛，阿萨和华纳诸神围坐成半圆。她从他们身边走过，俯下身用手去摸他们的脚背。最后，她走到一个人身边，他的双脚生得如此完美，她确定那人就是巴德尔本人，于是站起身说道："这就是我斯卡娣选择的夫君。"

阿萨和华纳诸神闻言大笑不止，他们取下了斯卡娣的遮眼布，斯卡娣发现她所选之人并不是俊美的巴德尔，而是弗雷的父亲尼奥尔德。然而，当她对尼奥尔德仔细端详，越看越对自己的选择感到满意。因为尼奥尔德高大威猛，面容尊贵。

尼奥尔德和斯卡娣，先是去了尼奥尔德在海边的宫殿。但是每天一大早，海鸥的叫声总会把斯卡娣惊醒，于是她便把丈夫带去了一座山顶,在那里她更自在。尼奥尔德不能长期忍受生活中没有海潮之声,所以他俩便在山与海之间不断往返辗转。而吉尔达和她的丈夫弗雷就在阿斯加尔德住下,慢慢地,阿萨诸神和华纳诸神都对这位巨人少女钟爱有加。

海姆达尔与小赫诺丝

赫诺丝是弗蕾娅和失踪的奥德的女儿,她是阿斯加尔德年纪最小的神明。曾有这样的预言说,赫诺丝会让她的双亲团圆,所以小小的赫诺丝时常被带到诸神之城阿斯加尔德外,站在彩虹桥边等待。如果奥德朝阿斯加尔德走来,她就能和他打个照面。

在阿斯加尔德所有神祇的宫殿中,小赫诺丝都颇受欢迎优待。无论是在雾之宫芬撒里尔,众神之父的妻子弗丽嘉坐在那里纺着金色丝线;还是在布雷达布里克,那是备受尊崇的巴德尔和他美丽娇妻南娜的宫殿;或是在托尔和西芙居住的风之殿比斯基尼尔;就连在瓦拉斯吉雅弗也不例外,那是奥丁自己的宫殿,那里银盾铺满天顶。

诸神的宫殿中最雄伟的要数格拉兹海姆宫,它是由格拉希尔树的木头建成,此树长有金色的树叶。诸神的宴会就在此举办。小赫诺丝常常向里张望,看到奥丁坐在宴席桌旁,只见他身披蓝色斗篷,头戴鹰盔,不食五谷,只饮诸神琼浆,他从桌上取下食物喂吉里和弗莱基狼,它们就蜷伏在他的脚旁。

赫诺丝喜欢跑到阿斯加尔德大门之外,和彩虹桥的守卫者海姆达尔待在一块儿。当无人过桥供她观瞻时,她就会坐在海姆达尔身边,听他讲那些过去发生的奇闻趣事。

海姆达尔手里握着加拉尔号角。每当有人穿过彩虹之桥,他就吹响号角使阿斯加尔德诸神知晓。海姆达尔还告诉小赫诺丝他是怎样锻炼自己,以便听到草木生长的声音,看到百里之内发生的事情。白天黑夜他都能洞察所有,不眠不休。他告诉赫诺丝自己有九位母亲,他靠大地的力量和冰冷的海水为生。

赫诺丝坐在他身边日久,海姆达尔告诉她万物的起源。他从远古活到今天,知晓所有。他说:"那是在阿斯加尔德建造之前,奥丁也还未降生之时,天地混沌未开,有个巨大的无底鸿沟。鸿沟北边是尼弗尔海姆,那里气候严寒,一片死寂。鸿沟南边是穆斯帕尔海姆,那是真火之国。在尼弗尔海姆有一口大锅叫赫瓦格密尔,十二条河的水流不断倾泻而出,注入无底的鸿沟。"

"无底的鸿沟叫金恩加格,里面冰川拥堵。因为十二道河流之水,在汇入鸿沟时凝结成冰。穆斯帕尔海姆喷涌的火云又把冰块融化蒸腾,浓雾凝成露水,巨人的始祖伊米尔从中成形。"

"巨人始祖伊米尔,沿着十二条河流行走,直到遇见浓雾中的另一生命。那是一头名为奥拉姆布拉的大母牛。伊米尔躺在母牛身边,靠她的奶为生。滴落在地的露水孕育出其他的生命,他们当中就有弗洛斯特[1]的女儿们。伊米尔和她们中的一个结了婚,他们的后代就是巨人族。"

"一天伊米尔看到奥拉姆布拉对着一块冰川呼气,还用舌头轻舔那里。随着她的舌头来回舔舐,他看到一个身影逐渐成形。那人

---

[1] 原文为 Frost。——译者注

的体形看起来并不像巨人，更具美感。渐渐地，一个头颅从冰川上显露出来，金色的头发也从冰块中披撒下来。伊米尔目睹此景，因他的美貌而怀恨在心。"

"巨大的母牛奥拉姆布拉继续舔着她呼气的地方。最后一个完整的人从冰川中走了出来。巨人始祖伊米尔对此非常憎恶，恨不得立马把他杀死。但是他知道如果这样做了，奥拉姆布拉将不再赠他乳汁为粮。"

"那在冰川中成形的人名叫布尔，他是英雄的始祖，也靠奥拉姆布拉的乳汁为生，后来和巨人的一个女儿结婚并育有一子。但是伊米尔及他的儿子们都很厌恶布尔，终于，他们等到了下手杀他的时机。"

"在伊米尔父子与布尔父子间爆发了一场战争。奥丁是布尔的一个儿子所生。他召集了所有的兄弟，彻底摧毁了伊米尔和他的所有血亲，只有一个除外。伊米尔的身形是如此庞然，以至于被杀时，他的血喷涌而出汇成了巨大的洪流，把自己的儿子全都淹死，只有布里梅尔幸免于难。当洪水到来的时候，他和妻子正坐在船上，那船随着血海漂到了一个地方，现在我们称其为尤腾海姆，那里就成了今天巨人的王国。"

"奥丁和他的儿子们拖着伊米尔的尸体——世间最大的身躯——把它抛入无底鸿沟，填平了所有凹陷之处，他们剔除巨人的骨头，堆成山脉。他们拔下巨人的牙齿，变成岩石。他们拽下巨人的头发，做成了葱郁的森林。他们把巨人的眉毛变成现在人类居住的地方——米德加尔德，又将伊米尔的头盖骨变成天空。"

"奥丁和他的儿子们所做的还不止这些。他们把真火之国穆斯帕尔海姆飘来的火花和火云，变成了运行天际的日、月和所有星辰。

奥丁发现了一个忧郁的女巨人名叫夜晚，她的儿子名叫白昼。奥丁赐母子马车，以便他们驾驭，在空中行驶。夜晚所驾的马，名叫赫利姆法克斯，它是霜之马。白昼所驾的马，名叫斯京法克斯，它是光之马。从赫利姆法克斯的马嚼子上淌下来的水滴，便化作人间的露珠。"

"奥丁和他的儿子又造了许多男男女女，让他们到米德加尔德居住。外貌丑陋的侏儒长大了，不断繁衍，散布世界各处，奥丁便让他们居住到地表以下的山洞之中。精灵们被允许居住在人间，但他们必须承担照料溪流和花草的任务。至于华纳神族，奥丁在和他们交战过后就与之媾和，并将尼奥尔德带走充当人质。"

"布里梅尔，那个唯一从伊米尔鲜血之灾中逃脱的巨人，在尤腾海姆繁衍了诸多后代。他们对奥丁及其后裔恨之入骨，一直和他们作对。当奥丁用日月照亮世界的时候，巨人们非常愤怒。他们找来两匹尤腾海姆最凶恶的巨狼尾随在日月之后，以期将它们吞噬。从此以后，太阳苏尔和月亮玛尼一直被尤腾海姆的饿狼追赶。"

如此这般，拥有一口金牙的海姆达尔，向阿斯加尔德最小的神祇赫诺丝讲述了很多动人的神迹。这个孩子经常和他待在一起，在彩虹桥比尔鲁斯特桥头，看众神往返阿斯加尔德与米德加尔德之间：托尔，头戴由星辰编织的冠冕，手握雷霆之锤米奥尔尼尔，双手戴着握锤时使用的铁手套，腰缠能让他功力加倍的腰带，坐在两头山羊拉着的战车上；弗丽嘉身披鹰之羽衣，像鸟一样敏捷地飞翔；众神之父奥丁，身跨八足天马斯莱泼尼尔，头戴金鹰盔，身披金铠甲，手握冈尼尔长矛。

海姆达尔把他的号角存放在了一棵巨树的枝头。他告诉赫诺丝,这棵树叫伊格德拉西尔,无论对诸神还是众人,它都是一大奇迹:"没有人了解伊格德拉西尔出现之前的事情,对于它何时会被摧毁,大家也都避而不谈。"

"伊格德拉西尔有三条树根。一条伸入米德加尔德地下深处,一条伸展到尤腾海姆地下深处,第三条长在阿斯加尔德上方。伊格德拉西尔的一段枝杈伸展到了奥丁宫殿上方,它被称作和平枝杈。"

"小赫诺丝,你能看到伊格德拉西尔,但对它的所有传奇你并不知晓。在树枝上方有四匹牝鹿。它们抖落鹿角上的水滴,就变成了大地上的雨。伊格德拉西尔树冠顶端的枝叶非常之高,连诸神抬头都很难看到,在那枝头有一只鹰停驻,它无所不知无所不晓。在这只鹰的喙上栖息着另一只鹰隼,它能看到那只鹰目力不及之处。"

"伊格德拉西尔在米德加尔德地下之根一直深入死亡之国。那里有一头恶龙,名叫尼德霍,它一直啃食着树根,想要将世界之树毁灭。请看拉达托斯克,那只四处惹是生非的松鼠,在伊格德拉西尔树间上蹿下跳,挑拨树上的鹰和地下的龙之间的关系。他对地下的龙说鹰是怎样一心想要把它撕成碎片,又跑去跟鹰说龙是怎样预谋将它吞食。听闻松鼠编造的故事后,恶龙更加疯狂地想摧毁伊格德拉西尔这棵树中之树,这样它就能抓到鹰并将其撕碎。"

"伊格德拉西尔的树根旁有两眼泉水。一眼在上,一眼在下。后者就在尤腾海姆的树根旁边,那是一眼智慧之泉,由智慧老人弥米尔看守。凡是喝下此泉之水的人,都能预言未来。另一眼则位于阿斯加尔德地表的树根旁边。没有人能喝到此泉之水,它由命运三女神诺恩[1]守卫。她们从这口泉中汲出白色泉水来浇灌伊格德拉西尔，这样这棵生命之树就能永远粗壮常青。小赫诺丝，我告诉你，乌尔德之泉就是这眼泉水之名。"

从海姆达尔那儿，赫诺丝还了解到乌尔德之泉边有两只美丽的雪白天鹅。它们发出的乐声常常传到阿斯加尔德诸神耳边。但是小赫诺丝却因为年龄太小而听不到乌尔德泉边天鹅的妙音。

---

[1] Norns，是命运三女神的统称。——编者注

奥丁的预感及离开阿斯加尔德

众神之父奥丁有两只乌鸦，它们的名字分别是尤金和莫宁。乌鸦每天在宇宙各界来回穿行，然后再回到阿斯加尔德，落在奥丁的肩头，告诉他它们在各界的所见所闻。然而有一次，一天过去了，两只乌鸦还没有回来。奥丁站在瞭望塔希利德斯凯拉夫翘首以盼，他自言自语道：

> 我很担心尤金，
> 怕它一去不复返，
> 可是我更盼望莫宁归来。

又一天过去，两只乌鸦终于归来。它们分别栖息在奥丁的左右肩。接着众神之父走进议事大厅，准备听取尤金和莫宁的汇报。大厅坐落于格拉希尔树旁边，这棵树长有金色树叶。

乌鸦告诉奥丁的都是灾祸之兆和不祥之征。众神之父奥丁没有把这些告诉阿斯加尔德众神。但是奥丁的妻子弗丽嘉从丈夫的神色中看出，不祥之事即将降临。当奥丁跟她谈起这些事情，弗丽嘉劝慰他说:"不要对命定的事作徒劳无益的抗争。让我们去找乌尔德之泉边的命运三女神诺恩,看看当你凝视她们的双眸时,不祥预兆的阴霾是否仍然无法消散。"

于是奥丁带领诸神离开阿斯加尔德,朝乌尔德之泉走去。就在那里,巨大的伊格德拉西尔树根下方,三位命运女神坐在那里,在她们的身边有两只美丽的天鹅。和奥丁一同前往的有伟大的剑手提尔、最俊美最受诸神钟爱的光明神巴德尔,以及雷神托尔。托尔手里还是拿着他的那把雷锤。

在神界阿斯加尔德与人间米德加尔德之间,有一座彩虹桥。除此之外,还有另一座彩虹桥,它横亘在阿斯加尔德到伊格德拉西尔树根之间,乌尔德之泉就在树根下方。这座桥更为美丽,桥身更为摇晃且很少为人所见。在两座桥的衔接之处,站立着一口金牙的海姆达尔。他是诸神的守卫者,也是通往乌尔德之泉之路的看守人。

众神之父说道:"海姆达尔,开开门,今天众神要来这儿拜访命运女神。"海姆达尔一言不发地打开大门。这扇门通往彩虹桥,那桥相比人们从大地上所能看到的任何彩虹,颜色都要鲜艳,晃得也更厉害。奥丁、提尔和巴德尔快步走上桥去。托尔跟在他们后面,但他的脚刚要踏上桥时,海姆达尔伸手阻止。

海姆达尔说道:"托尔,其他的神可以从这座桥上走过,可你不行。"

托尔不解地问道:"什么?海姆达尔,难道你想把我拦住?"

"是的。因为我是通向命运女神之路的看守人,"海姆达尔说道,"你加上那把威力无比的锤子对这座桥来说太重了,它承受不了你们的重量。"

"可是我要和奥丁及其他伙伴一起去拜访命运女神啊。"托尔答道。

"是的,你可以去,但别走这条路就好,"海姆达尔说道,"我不会让我守护的桥被你和锤子压垮。除非你把锤子留在我这儿,否则你不能从这桥上通过。"

"不,不,"托尔说道,"我不会听信任何人的安排把守护阿斯加尔德的锤子落下。如果那样做了,说不定我和奥丁,还有其他伙伴会有去无回。"

"还有另外一条路也可以到乌尔德之泉,"海姆达尔说道,"看看这两条云之大河,科莫特和欧莫特,你能蹚过去吗?虽然河水冰冷,使人战栗,不过能引导你到达乌尔德之泉,那是命运女神蹲守的地方。"

托尔俯身注视这两条波涛汹涌的大河。的确,一个人形单影只地蹚过这条冰冷而又令人窒息的河流确实很难。不过,要是他能走得通的话,就可以把雷锤扛在肩头而不用把它交给别人保管。托尔踏入彩虹桥下奔流的那条云河,肩上扛着他的锤子,艰难地从一条河向另一条河跋涉。

托尔好不容易从云之大河中挣扎着出来,他浑身湿透,累得喘不过气来,但是仍然把锤子扛在肩上。那时奥丁、提尔和巴德尔已经到了乌尔德之泉旁边。只见提尔英俊伟岸,倚身靠着他的宝剑,那把剑周身雕刻着神奇的鲁纳铭文;巴德尔,面带微笑,低下头聆听两只美丽天鹅的呢喃;众神之父奥丁,披着他那饰有金色星辰流苏的蓝色斗篷,头上没戴鹰盔,手里也不再握着长矛。

三位命运女神乌尔德、贝璐丹迪、斯古尔特坐在泉水边,那眼泉水位于伊格德拉西尔巨大树根边的洞穴。乌尔德年纪较大,满头白发;贝璐丹迪非常漂亮;斯古尔特的长相则很难分辨,因为她坐得很远,头发遮住了面容和双眼。三位女神知道关于过去、现在和将来的一切。奥丁端详着她们三个,甚至直视斯古尔特的双眼。他用神的目光凝视着命运女神,许久许久,而此时其他神明则在聆听天鹅的呢喃,以及伊格德拉西尔的树叶飘落乌尔德之泉的声响。

从她们的眼中,奥丁看到尤金和莫宁之前告诉他的不祥之兆变得越发鲜明具体。现在其他神祇也跨过彩虹桥,纷纷到来。她们是弗丽嘉、西芙和南娜,分别是奥丁、托尔和巴德尔的妻子。弗丽嘉注视着命运女神,接着又瞥了儿子巴德尔一眼,满怀爱意和悲伤。然后她收回视线,把手放在南娜头上。

奥丁不再注视命运女神,他将目光转向自己的妻子、威严的王后弗丽嘉说:"我要离开阿斯加尔德一阵子,我的妻子。"

"好的,"弗丽嘉回答,"你在人间米德加尔德确实有很多事必须做。"

"我会把我所拥有的知识转化成智慧,"奥丁说道,"那样的话,那些注定要发生的事,就能最大限度地向好的方向发展。"

"你应该去弥米尔之泉一趟。"弗丽嘉说。

"好,我会去那儿一趟。"奥丁答道。

"那快去吧,我的丈夫。"弗丽嘉说道。

接着他们又再次跨过彩虹之桥,这桥比大地上人们所见的任何彩虹都更加美丽、更加摇晃;阿萨男女诸神:奥丁和弗丽嘉、巴德尔和南娜、手握宝剑的提尔和他的妻子,又再次穿越彩虹之桥。至于托尔,他仍然把雷霆之锤米奥尔尼尔扛在肩膀上,艰难地在云之大河中跋涉。

当奥丁和妻子弗丽嘉低头穿过大门时,阿斯加尔德最小的神祇赫诺丝也在那里,站在诸神的守卫者及彩虹桥的看守者海姆达尔的身旁。"明天,"赫诺丝听到奥丁说道,"明天我将化名威格坦姆,到人间米德加尔德和尤腾海姆去走一趟。"

第二部分

漫游者奥丁

探访智慧泉

于是来到人间米德加尔德的奥丁，不再身跨八足骏马，不再身穿金色铠甲，头上不戴鹰盔，甚至连长矛都没拿。就这一身打扮，他漫游于米德加尔德，那里是人类的世界，接着又朝尤腾海姆前行，那里是巨人的国度。

他不再是众人口中的诸神之父，而是流浪汉威格坦姆。他身披深蓝色的斗篷，手中拄着旅行者常用的拐杖。当他正朝弥米尔之泉走去，这眼泉水位于尤腾海姆附近，在半路上碰到了一个骑着壮实雄鹿的巨人。奥丁能够随机变化，若遇人类就化身凡人，若遇巨人则化作巨人。他大步流星，走到巨人身边，两人并肩前行。奥丁开口问道："嘿，兄弟，你是谁？"

骑着雄鹿的巨人回答："我是瓦弗鲁尼尔，在巨人中最有智慧。"这下奥丁心知肚明。瓦弗鲁尼尔在巨人中间确实最睿智博学，很多人都想方设法要从他那里获得智慧。不过，向瓦弗鲁尼尔求教的人，必须要回答他提出的谜语，如果答不上来，巨人就会拿走他的脑袋。

"我是流浪汉威格坦姆，"奥丁说道，"我现在已经知道你是谁了。哦,瓦弗鲁尼尔。我有事要借用你的智慧。"

巨人露齿笑道:"哈哈,那样的话我打算跟你打个赌,你知道赌注是什么吗?如果我回答不出你的问题,就把脑袋给你。如果你答不出我的问题,那你的脑袋归我。呵呵呵,让我们开始怎样?"

"我准备好了。"奥丁回答。

"那你告诉我,"瓦弗鲁尼尔问道,"把阿斯加尔德与尤腾海姆分隔开来的那条河流,叫什么名字?"

"那条河名叫伊芬,"奥丁答道,"伊芬河的水冷得要命,可是从不结冰。"

"哦,流浪汉,这个问题你答对了,"巨人说道,"但是你还得回答我的其他问题。白昼和夜晚两位神明[1],驾着马儿穿越天际,他们所驾的马,分别叫什么名字?"

"是斯京法克斯和赫利姆法克斯。"奥丁回答。听到他能说出这些,瓦弗鲁尼尔非常吃惊,这是只有诸神和最有智慧的巨人才知道的名字。在轮到面前这位陌生人向他提问之前,他只剩最后一个发问的机会。

"那你告诉我,"瓦弗鲁尼尔问道,"将来世间的最后一战,会在哪个平原上打响?"

"维格里德平原,"奥丁回答,"它有一百里长,也有一百里宽。"

现在轮到奥丁向瓦弗鲁尼尔提问。"奥丁在他的爱子巴德尔耳边说的最后一句悄悄话,会是什么?"他问。

巨人瓦弗鲁尼尔听到这个问题大吃一惊。他从鹿背跳到地上,

---

[1] 参见第一部分中的《海姆达尔与小赫诺丝》。——编者注

用锐利的眼神把奥丁上下打量："只有奥丁才知道他最后留给巴德尔什么话。也只有奥丁会问出这样的问题。流浪汉，你就是奥丁吧。你的问题我回答不了。"

"如果你还想保住脑袋，那就回答我一个问题，"奥丁说道，"如果要向智慧之泉的看守者弥米尔讨一口水喝，他会开出什么样的条件？"

"他会要你的右眼作为代价。"瓦弗鲁尼尔答道。

奥丁问道："他是否愿意接受讨价还价？"

瓦弗鲁尼尔回答："他不会降低价码。许多人都向他讨过一口智慧泉水，但是没有一个人付得起代价。哦，奥丁，我已经回答了你的提问。现在收回你的成命，让我继续赶路吧。"

"好吧，我这就收回。"奥丁回答。就这样，瓦弗鲁尼尔，巨人中最有智慧者，骑着那头壮实的雄鹿赶路离开。

弥米尔对这一口智慧泉水的开价实在太高，众神之父奥丁得知后，也忧心忡忡。毕竟那可是他的右眼！在他的余生中右眼都将漆黑一片！想到这里，他差点就要放弃对智慧的追求，返身折回阿斯加尔德。

奥丁漫无目的地向前走着，既没朝向阿斯加尔德，也没往智慧之泉所在的方向前进。他朝南方走去，望见真火之国穆斯帕尔海姆，苏尔特手握火焰之剑站在那里。苏尔特是一个可怕的人物，日后巨人同诸神交战之时，他会加入巨人一方同诸神对抗。奥丁往北走去，耳边传来不竭之泉赫瓦格密尔的咆哮，它的水流从尼弗尔海姆倾泻而出，那里是黑暗可怖的雾之国度。奥丁心中明了，不能让世界落入苏尔特和尼弗尔海姆之手，前者会用烈焰将它摧毁，后者会使它回归黑暗虚无。作为诸神之长，他必须赢得智慧，以助拯救世界。

如此这般，面对即将遭受的损失和痛苦，众神之父奥丁神色凝重决绝，他转身朝着智慧之泉行走。泉水位于世界之树伊格德拉西尔的巨大树根下方——那树根从尤腾海姆长出。弥米尔坐在泉边，他是智慧之泉的看守人，正集中精神用他那深邃的眼神窥视着深泉。他每天从智慧之泉中取水来喝，对来人的身份一清二楚。

"嗨，奥丁，众神中最年长的那个。"弥米尔开口说道。

奥丁向众生中最有智慧的弥米尔表达了敬意，接着说道："弥米尔，我想喝一口你的泉水。"

"要喝水就必须付出代价。过去所有的求水者，都在这个关卡面前退缩，奥丁，众神中最年长者，你愿意付出相应的代价吗？"

"弥米尔，我不会在注定要付的代价前退缩。"奥丁回答。

"那就请吧。"弥米尔说道。他用一只巨大的牛角杯舀出泉水，递给了奥丁。

奥丁双手捧杯，咕噜咕噜地喝着。随着水流入腹，未来的事情在他眼中变得清晰起来。他看到了最终会降临在诸神和人类身上的灾难和不幸，明白了这些灾难必然降临的原因。同时，他也知晓了诸神和人类怎样面对痛苦和灾难，才能在那些苦难的日子里行事高贵，从而在世间留下一股力量，这股力量能在有朝一日摧毁给世界带来恐惧、悲伤和绝望的邪恶力量，尽管那一天还非常遥远。

喝光弥米尔巨大牛角杯里的水，奥丁将手伸向脸庞，挖出了自己的右眼。众神之父奥丁强忍剧痛，没有发出一丝呻吟和抱怨。他低下了头，用斗篷遮住了脸。此时弥米尔接过右眼，将它沉入智慧泉的深渊。奥丁的右眼就一直留在了那个地方，透过水流发出闪闪亮光，向来者诉说众神之父为获得智慧而付出的代价。

遭遇恶人

昔日，当奥丁还未拥有那么非凡的智慧，他曾化名捕鱼人格里姆尼尔居住在人间。他的王后弗丽嘉在他身边，他们扮作一对渔夫渔妇，生活在一座阴冷荒凉的岛屿上。

奥丁和弗丽嘉总是默默地观察人类的子孙，想看看他们之中，有谁可以通过培养和训练获得力量和意志，能从巨人的魔掌下拯救世界。当他们逗留在荒岛之时，看到国王赫劳丁的两个儿子，奥丁和弗丽嘉都认为这两个孩子拥有成为英雄的资质。夫妇俩便计划把两个王子带到身边，以便亲自照料，加以训练。一天，当两个孩子外出钓鱼，一阵暴风雨袭来，把他俩所乘的小船刮到了一座小岛的乱石之间，那里正是夫妇俩的所在。

奥丁和弗丽嘉把两个孩子带去了他们的小屋，还告诉两人说会在整个冬天照看并训练他们，等到春天来临，就会造一艘船送两人回到他们父亲的国度。"就让我们看看，"那天晚上，奥丁对弗丽嘉说，"他们之中哪一个会成长为最尊贵的英雄。"

奥丁之所以这么说，是因为他更看重两个孩子中的一个，而弗丽嘉却对另一个更加偏爱。弗丽嘉看好哥哥阿格纳，阿格纳嗓音柔和，性格恬静，举止友善。而奥丁则更看好年少的弟弟，他名叫基罗德，体格健壮，性格热情暴烈，嗓音洪亮高亢。

奥丁亲自照料基罗德，教他怎样钓鱼和狩猎。他让这个男孩在岩石间跳跃，让他攀爬最陡峭的悬崖，越过最宽的峡谷，男孩变得比之前胆大很多。奥丁还把基罗德带进熊的洞穴，只给他一杆长矛奋战求生，这杆长矛是奥丁为他打造。阿格纳也去追捕野兽，展现了他的熟练和勇猛。但是几乎每次比试，基罗德都将他战胜。奥丁经常骄傲地说："基罗德一定会成为一个了不起的英雄。"

阿格纳经常和弗丽嘉待在一块儿，在她纺线时与她相伴，听她讲那古老的传说，提出种种疑问，这使他变得越发睿智。阿格纳从弗丽嘉那里得知了阿斯加尔德，知晓了阿斯加尔德诸神，也知道了诸神是怎样守护人间米德加尔德，使其免受尤腾海姆巨人的蹂躏。尽管没有和任何人提及，阿格纳在心中暗下决心，他愿献出毕生精力和智慧，尽全力去帮助诸神。

春天来临，奥丁为基罗德和阿格纳造了一艘船。现在兄弟两人可以返回自己的家乡。在他们启程之前，奥丁告诉基罗德，说他总有一天会前来看望他。"不要过于自傲，不愿在你的宫殿接待渔夫，基罗德，"奥丁嘱咐道，"一位真正的国王，应该欢迎任何人前来造访，哪怕对最穷的人也要一视同仁。"

"我会成为一个英雄，毋庸置疑，"基罗德答道，"我也本该成为国王，只因平庸的阿格纳在我之前出生，才使我无法如愿以偿。"

阿格纳同弗丽嘉和奥丁告别，感谢他们夫妇对他和基罗德的照顾。他凝视着弗丽嘉的双眼，对她说自己会努力找到帮助诸神的方法，日后为诸神而战。

阿格纳和基罗德兄弟二人上了船，划桨起航。他们航行到父王领土边境，看到海边耸立的城堡。基罗德这时做了一件可怕的事，他调转船头重新驶向海洋，接着扔掉了船桨。仗着自己体格强壮，能在波涛汹涌的海中游弋或是攀爬最高耸的悬崖峭壁，他纵身跃入水中，奋力向岸边游去。而此时的阿格纳孤身一人在没有船桨的小船上，小船随海浪席卷又飘向海洋。

基罗德爬上了悬崖，走进了父亲的城堡。

国王赫劳丁原本已经放弃寻找两个失踪的儿子，看到小儿子归来，分外高兴。基罗德告诉父王，说阿格纳在回程途中，从船上掉入海中，溺水身亡。原本以为两个儿子都已离他而去的国王，看到其中一个能平安归来已经心满意足。他把基罗德列为王位继承人，在他死后基罗德君临万民之上。

饮过智慧之泉的奥丁在人世列国间穿行，凭借他所获得的智慧评判各个国王以及黎民百姓的所作所为。最后，他来到了基罗德统治的王国。奥丁认为他所见列王都言行高贵，基罗德想必是其中之最。

奥丁化身成一个独眼的流浪汉去了国王的宫殿。他身披深蓝色的斗篷，拄着流浪汉常用的拐棍。当他走近王宫，一群人骑着黑马从他身后奔来。为首者从他身边驰过，一点都没有避让，而是快马加鞭径直冲撞，差点把奥丁踢倒在地上。

当这队人马来到王宫门前，他们大声叫唤仆人。马厩里只有一名侍从，他上前牵走了领头人的马匹。其余的人便叫奥丁照看他们的马儿，当一些人下马时，奥丁不得不给他们扶着马镫。

奥丁知道那个领头人是谁了，他就是国王基罗德。他也知道那个在马厩中当差的人是谁了,他就是基罗德的哥哥阿格纳。运用所获得的智慧,奥丁知道阿格纳之前伪装成仆人模样回到了父亲的王国,奥丁也知道,基罗德并没认出这个仆人的真实身份。

他俩一同走进马厩。阿格纳拿出面包,切下一些分给奥丁,还给他铺上稻草,让他在上面就座。然而过了一会儿,奥丁说道:"我要到国王的宫殿里去,坐在火堆旁边,吃肉作晚餐。"

"不,你得待在这里,"阿格纳劝阻道,"我再多给你些面包,给你条毯子披在身上。不要跑去王宫门前,国王今天心情不好,很可能会驳斥你的请求。"

"怎么会呢?"奥丁说道,"一个国王居然把登门求助的流浪汉赶走。他不该这样!"

"今天他很生气。"阿格纳说。他再次恳求奥丁别去王宫门边。但是奥丁从草堆上站了起来,径直朝王宫大门走去。

一个驼着背、双臂修长的门卫站在门边。奥丁说道:"我是个流浪汉,我想在国王的宫殿里歇歇脚,吃点东西。"

"别来这位国王的宫殿。"驼背的门卫说道。正当他准备把奥丁关在门外时,国王把他叫走了。奥丁阔步走进大厅,看到国王正和一群朋友围坐桌边宴饮,那些人全都胡须浓黑,面目凶残。目睹此景,奥丁明白,自己之前苦心培养、寄予厚望的男孩现在已经沦为匪徒的首领。

席间一位大胡子对着奥丁喊道:"流浪汉,既然你来到我们用餐的大厅,那就唱歌给我们听吧。""好吧,我就唱歌给你听吧。"奥丁答道。他站到大厅两根石柱之间,唱了一支歌谣,谴责国王的生活邪恶堕落,谴责在场的所有人助纣为虐。

"给我抓住他。"当奥丁一曲唱罢，国王下令。黑胡子男人一拥而上，扑到奥丁身上，将他五花大绑，绑在大厅的石柱之间。"既然他是来这里取暖的，那就让他好好暖和暖和。"基罗德说道。他吩咐下人在奥丁四周码上一堆柴火。他们照做之后，国王亲手把一个烧得正旺的火把丢到木柴之上，流浪汉四周的柴堆燃起烈火，"噼啪"作响。

柴堆在奥丁周围烧啊烧啊，但是火焰丝毫没有伤及众神之父的身躯。国王和他的朋友站在旁边，兴致勃勃地观看大烤活人。而当木柴烧尽，奥丁还站在那里，用可怕的眼神盯着这帮残忍而又冷酷的人。

国王和他的朋友们都睡觉去了，留下奥丁被锁在石柱之间。其实奥丁可以挣断锁链，把石柱连根拔起，但是他没有这样做，他想看看国王的宫殿里还会上演哪一出戏。仆人们被命令不准给流浪汉带任何吃的或喝的东西，但是在黎明时分，四下无人，阿格纳带来一牛角杯的麦芽酒给奥丁喝。

第二天晚上，国王搜刮完民脂民膏，和朋友坐在桌旁狼吞虎咽大吃大喝。他又吩咐在奥丁周围堆上木柴。国王和朋友又再次围拢起来，兴奋地观看火舌耍弄活人。和先前一样，奥丁纹丝不动地站在那里，毫发无损，他用可怕而从容的眼神盯着国王，目不转睛，这让国王对他更加愤恨。

一夜又一夜过去，接连八个晚上，同样的一幕还在上演。到了第九个晚上，当奥丁四周的木柴再次被点燃，他引吭高歌。

他的歌声越发响亮，国王和他的朋友，以及王宫中的仆人都不禁驻足倾听。奥丁唱的是关于国王基罗德的故事：关于诸神是怎样保护他的，怎样授给他力量和技艺，而基罗德又是怎样不将他的力量和才能用于正道，堕落、野蛮如兽群一员。接着他唱到诸神的报复，将如何降临到这卑鄙无耻的国王身上。

火焰渐渐熄灭，基罗德和他的朋友看到眼前的人，不再是那个无依无靠的流浪汉，而比人间任何帝王更加威严。锁链从他身上滑落，他向这些恶人步步逼近。基罗德冲上前去，手握利剑想置他于死地。剑刺到了奥丁，但他仍然毫发无损。他唱道：

> 你的生命到头了，
> 你的所作所为人神共愤，
> 如果可以，你再走近点瞧瞧
> 在你面前的是众神之父奥丁。

他炯炯的目光让基罗德和那些狐朋狗友们畏惧，他们鸟兽般散去。正当他们四下奔逃之时，奥丁把他们变成了野兽，成为森林里徘徊的狼群。

阿格纳走上前来，奥丁宣布他为国王。民众听说将由阿格纳来统领他们时都感到非常高兴，因为他们在基罗德治下饱受欺凌。阿格纳不仅仁慈宽容，而且他的统治稳固有力，常胜相随。

奥丁盗取灵酒

　　灵酒本由侏儒们酿造，后被巨人们藏匿起来。但是奥丁将它从藏匿处带出，并分给人类子孙。那些分到一口灵酒的人变得非常聪慧，不仅如此，他们还能将那种智慧寓于优美的语言当中，使每个听到的人都会喜欢上并念念不忘。

　　侏儒酿造此酒的手段残忍恶毒。他们用一个人的血来酿酒，那人就是诗人卡瓦西。卡瓦西非常聪慧，出口成章。人们都爱听他讲述，并对他的话念念不忘。侏儒把诗人带入他们地下的洞穴，在那里将他杀害。他们说道："现在，我们已经拥有了卡瓦西的鲜血和智慧。除了我们，谁也别想得到。"他们把血倒进三个坛子，加入蜂蜜搅拌，蜂蜜酒就是用此酿成。

　　在杀过一个人之后，侏儒们变得越来越胆大。他们跑出自己的洞穴，在米德加尔德上蹿下跳，还跑去尤腾海姆，开始捉弄那些最无辜的巨人。

　　侏儒们碰上了一个头脑非常简单的巨人，名叫吉灵。他们怂恿吉灵划船把他们带去海上。接着两个最狡猾的侏儒——戈拉和法牙拉，故意让船撞到礁石之上。船身四分五裂，吉灵不会游泳，在海中淹死。侏儒们爬上了船板碎片，安全抵岸。他们对自己作恶成功感到异常高兴，摩拳擦掌想多来几次。

戈拉和法牙拉又想了一出新的恶作剧。他们伙同其他侏儒去了吉灵的家里，尖声向吉灵的妻子哭诉他的死。吉灵的妻子开始流泪哀叹，最后不禁冲到屋外哭天喊地、捶胸顿足。那时戈拉和法牙拉早已趁机爬到梁上，当吉灵的妻子冲出去时，他们把一块磨石朝她头上扔去。磨石击中了吉灵的妻子，她倒地身亡。随着他们恶作剧的得逞，侏儒们变得越发兴奋。

他们如此厚颜无耻，甚至自编歌曲四处吹嘘，唱的无非是他们怎样杀死诗人卡瓦西、害死巨人吉灵以及他的妻子。他们待在尤腾海姆附近，把能折磨的人都折磨了一遍，还鼓吹自己是多么的了不起又强壮无比。他们在尤腾海姆待得实在太久，让吉灵的兄弟苏东园得以追查到踪迹，并顺藤摸瓜把他们捉住。

苏东园并不像他的兄弟吉灵那样善良单纯。他既狡猾又十分贪婪。一旦落到他的手里，侏儒们就再也别想脱身。苏东园抓住侏儒，把他们留在海中的一块礁石上面，那是一块在涨潮时会被海水淹没的礁石。

巨人苏东园站在漫过礁石的水中，海潮阵阵涌入，没有漫过他的膝盖。他站在那里观看，当水势逐渐上涨，把侏儒们团团围住，他们变得越发惊恐。

"哦，求求你让我们离开这里，善良的苏东园，"侏儒们哭着向苏东园求饶，"我们愿意以金子和珠宝交换。放我们走吧，我们给你一串项链，一串可以和布里希嘉曼相媲美的项链。"侏儒如此这般地向苏东园哭诉，换来的只是他的嘲讽，因为他根本不需要什么黄金珠宝。

于是戈拉和法牙拉哭着喊道:"求求你让我们离开这个地方,我们把酿好的那几罐灵酒给你。"

"那几罐灵酒,"苏东园自言自语,"那东西没有其他人有。能弄到手也不错,也许能帮助我们与诸神作战。好吧,我就问他们要这个东西。"

苏东园把这群侏儒带离暗礁。当其他侏儒跑进洞穴去取那几罐灵酒,苏东园把他们的头头戈拉和法牙拉扣留下来。苏东园得到了灵酒,把它带去离家不远的一个巨大山洞。就这样,侏儒用残忍恶毒的手段酿制而成的灵酒,现在落到了巨人手中。现在我就要跟你们讲讲奥丁,众神中最年长的那位神祇,那时正化身流浪汉威格坦姆,他是怎样把灵酒从苏东园那里拿走,把它带到了人间。

苏东园有一个女儿叫贡露园,她的善良美貌,可与吉尔达和斯卡娣媲美,后两位女巨人深受阿斯加尔德众神喜爱。苏东园寻思应该找一个人看管好灵酒,于是就对贡露园施了魔法,把她从一名美丽的巨人少女变成了一个长着长牙和尖指甲的巫婆。他把贡露园关在了藏有灵酒的山洞之中。

当奥丁得知自己最为尊崇的卡瓦西遇害,便把杀害他的侏儒统统封入他们的洞穴,这样他们就再也没法到人间为非作歹。接着他出发去寻找灵酒,打算把它赐给人类,如此一来,只要尝过了灵酒,人类就拥有了智慧,可以任意支配语言,使智识受人推崇,代代流传。

奥丁是怎样赢得灵酒,把它从苏东园的藏匿地点——乱石嶙峋的山洞中带走?他又是怎样解除苏东园施加在女儿贡露园身上的魔咒？以下便是人们茶余饭后常说的故事。

当一位身披深蓝色斗篷，手中拄着拐棍的流浪汉走过一块地时，九名身强力壮的奴仆正在那里割着牧草。他们中的一个对流浪汉说道："你帮我给那边保吉庄园的人捎个话，如果再不给我送块磨刀石磨一下镰刀，我就再也割不动了。""磨刀石嘛，这里就有。"流浪汉说道。他从腰间取下一块，递了过来。那个仆人用它磨了磨镰刀，又干起活来。他的镰刀所到之处，牧草迎刃而倒，好像被风横扫。其他仆人见状，纷纷嚷道："把磨刀石给我们，把磨刀石给我们。"流浪汉把磨刀石扔到他们中间，留下他们你争我夺，他仍继续踏上旅程。

流浪汉来到苏东园兄弟保吉的家，在他家中休息，晚饭时还被请到大桌旁吃饭。当他和保吉一起用餐时，一位来自田间的信差走了进来。

"保吉，你九个奴仆都死了，"信差说道，"他们在地里为争一块磨刀石，用镰刀互砍。再也没有仆人帮你干活了。"

"我该怎么办啊，我该怎么办？"巨人保吉焦虑地说道，"现在我的地里无人收割牧草，冬天的时候，我从哪里去弄干草来喂我的牛和马呀？"

"我可以帮你干活。"流浪汉说。

"你一个人也派不上什么用场，"巨人说，"必须要有九个人才行。"

"我一个人能干九个人的活，"流浪汉说，"让我试试看吧。"

第二天流浪汉威格坦姆去了保吉的地里。一天下来，他干的活和之前九个仆人干的一样多。

"整个农忙季节你都待在这儿吧，"保吉高兴地说，"我会给你丰厚的酬劳。"

于是威格坦姆就住在了巨人的家里,在巨人的地里干活,当这个季节所有的工作都做完,保吉对他说道:"现在告诉我,你想要什么样的酬劳?"

"我唯一想要的报酬,"威格坦姆说,"就是喝上一口灵酒。"

"灵酒?"保吉吃惊地说,"我既不知道它在哪里,也不知道到哪儿去弄。"

"你兄弟苏东园那儿有。你去找他,帮我向他讨一口灵酒。"

保吉去了苏东园那里,当苏东园弄清楚了兄弟此行目的,对他大发雷霆:"喝一口灵酒?我不会把灵酒分给别人一滴。不然我怎么会对女儿施魔法,让她老老实实看管灵酒?你说一个流浪汉帮你干了九个仆人的活,向你要一口灵酒作报酬!哦,你怎么蠢到和吉灵不差!哦,你这个笨瓜!除了我们的宿敌阿萨众神,谁有能力帮你干这么多的活,谁会跟你要这么个东西作报酬?你现在就离开我这儿,永远别来跟我提灵酒的事了。"

保吉回到了自己的家,告诉流浪汉说苏东园一滴灵酒都不肯拿出来。流浪汉威格坦姆说:"我要求你履行承诺,你必须帮我弄到我想要的报酬。现在你跟我一起去,帮我弄到灵酒。"

威格坦姆让保吉带他去了藏灵酒的地方,那是高山上的一处洞窟。洞口被一大堆石头堵住。"我们既无法挪动石块,也无法从中穿过,"保吉说,"看来,我无法帮你达成愿望。"

流浪汉从腰间取出一把钻子,说道:"如果用力去钻,这把无所不能的钻子就能凿穿岩石,巨人你有力气,现在就开工吧。"

保吉双手紧握钻子,用尽全力去钻,流浪汉站在一边,倚着自己的拐杖，身上的那件蓝色斗篷让他看起来既沉着又充满威严。

终于，保吉说道："我已经钻出一个很深很深的洞了，穿透了岩石。"

流浪汉走到洞口，朝里面吹了口气。凿出的石末飞到了他们的脸上。"这就是你吹嘘的力量吗，巨人？"他说，"你连石块的一半都没打通。继续凿。"

保吉再次拿起钻子，洞凿得越来越深。他自己朝里面吹了口气试试。你瞧！这下他终于吹通了。于是他看向流浪汉，想知道那人接下来打算怎么办。他的眼神变得犀利凶猛，紧紧握住那把钻子好像它是一把利刃，可以随时刺来。

"你看那岩石上面。"流浪汉说道。当保吉抬头去看，流浪汉变成了一条蛇，溜进了洞中。保吉用钻子朝它砸来，想要将它杀死，但蛇已经穿过了岩洞。

在这块巨石的后面有个很大的空洞，被岩石中发光的水晶照得通明透亮。在这空荡的洞穴中有一位面目丑陋的女巫，她长着长长的牙齿和锋利的指甲，坐在那里浑身颤抖，泪水不断地从眼中涌出。"哦，青春和美貌啊，"她如此唱到，"哦，世间的男女，请为我悲哀，你们不曾看见，我所有的，只有这不见天日的洞穴和这副可怕丑陋的模样。"

一条蛇滑行着游过地面。"哦，你可能是条毒蛇，会把我咬死。"女巫惊恐地说道。蛇从女巫身边爬过，接着她听到一个温柔的声音说道："贡露园，贡露园。"她环顾四周，发现身后站着一个身披深蓝色斗篷，面貌威仪的男人，那正是奥丁，众神中最年长的那位。

"你是来这边拿走灵酒的吧,那是我父亲派我看管的东西,"女巫哭着喊道,"你不会得逞。我宁愿把它倒在这洞里干涸的地面。"

"贡露园……"奥丁说着,向她走近。贡露园注视着他,感到脸上一阵发烫。当她把手放在胸口,锋利的指甲插进了肉中。"把我从丑陋不堪的模样中解救出来吧。"她如此哭诉。

"我会救你的。"奥丁答道,他走到贡露园的身边,执起她的手握住,亲吻了她的双唇。所有丑陋的印迹,都从贡露园身上烟消云散。她不再佝偻,变得亭亭玉立。她的双眸恢复了往昔,那是一对深蓝色的大眼睛。她的双唇恢复了红润,玉手纤细柔软。她变得和弗雷的妻子——巨人少女吉尔达一样貌美动人。

他们注视着彼此,于是并肩而坐,温柔地相互倾诉,这就是众神之父奥丁和美丽的巨人少女贡露园。

贡露园把三坛灵酒交给了奥丁,并说要和他一起离开洞穴。三天过去了,他们仍然待在一块儿。后来,奥丁凭借智慧找到了通往洞外的密径,他带着贡露园走了出去,让她重见天日。

奥丁随身带上了灵酒,它的玉露能赐人智慧,用那智慧编织的语言如此优美,让世人无不喜爱、铭刻在心。尝了一小口灵酒,贡露园在世间穿行,传唱着奥丁的俊美与全能,还有她对他的爱意。

诉子生平秘密

在尤腾海姆和米德加尔德漫游的日子里,奥丁不仅在巨人和人类面前,化身流浪汉威格坦姆示人。面对阿萨诸神,他也以相同的身份同他们见面交谈,其中一位神明住在远离阿斯加尔德之处,其他的则是来到米德加尔德和尤腾海姆的神祇。

那位远离阿斯加尔德居住的神明,名叫维达,他是奥丁的儿子,性格沉默寡言。维达坐在荒野深处,四周环绕高草灌木。在他身旁有一匹马儿,低头吃草,身披马鞍,随时待命踏上旅途。

一身流浪汉装扮的奥丁,来到这片静默的原野,同沉默之神维达交谈起来。

"哦,维达,"奥丁说道,"我性格最古怪的儿子。在我们全都离世后,你还会活着。你会将那关于阿斯加尔德诸神的回忆带到不受他们主宰的新世界里。哦,维达,我十分清楚,为何在你身边吃草的马儿,随时准备踏上征程。有朝一日,你将跃上马背,直接出发,飞驰而去,为你父亲报仇雪恨。"

"哦,维达,我沉默的儿子。我只会对你诉说我生平的秘密。只有你会知道,为何我——诸神之中最年长者奥丁,会被自己的长矛所刺，倒挂在世界之树伊格德拉西尔上九天九夜，是因为这样做就可以获得洞悉宇宙九界的智慧。到了第九天晚上，智慧的载体鲁纳文字在我眼前浮现，我从树上下来，将它们收归囊中。"

"我会让你知晓，为何我的乌鸦会衔着皮革碎片，向你飞来。这样你便可以用它为自己做鞋。穿上那鞋之后，你就能用脚踩住一头巨狼的下颌，把它撕成两半。世间所有的鞋匠，都会把用剩的皮料扔到地上，这样你就能为自己那降伏恶狼的脚板做鞋了。"

"我已经告诫世人剪去逝者手脚上的指甲，以免日后巨人把它们收集起来，造出一艘名叫纳格法的船。当'拉格纳洛克'末日毁灭降临，亦即诸神的黄昏到来，他们会乘着这艘船从北方驶来。"

"维达，我还要告诉你。当我居住在人类中间，曾和一名英雄的女儿结为夫妻。我们的儿子，也是凡人中的一员。他的名字叫作西吉。西吉的后代会成为英雄，他们将会入住我在阿斯加尔德的宫殿瓦尔哈拉，在我们同巨人及火焰巨人苏尔特交战时披挂上阵。"

奥丁在那片静默的原野上，同他默不作声的儿子维达说了很久的话。维达和他的兄弟会活到阿斯加尔德诸神身故之后，他们会给那个新的时代、新的世界，带去有关阿萨诸神和华纳诸神的记忆。奥丁跟儿子说了很久很久，接着穿过了这片野草灌木丛生的原野。马儿仍旧低头悠闲地吃草，随时准备踏上征程。他朝阿萨和华纳诸神现在齐聚的海边走去，在那里海神埃吉尔正准备用盛宴招待他们。

托尔与洛基在巨人城

除了几位之外,几乎所有阿斯加尔德诸神都接受了荒海之神埃吉尔的设宴款待。宾客中,有奥丁威严的妻子弗丽嘉,还有弗雷和弗蕾娅;守护青春苹果的伊敦恩和她的丈夫布拉吉;伟大的剑手提尔;近海之神尼奥尔德,以及他那无比憎恨洛基的妻子斯卡娣;还有曾被洛基捉弄,被他剪去满头金发的西芙。托尔和洛基也在其中。阿萨诸神聚集在埃吉尔的宴会厅里,等待着奥丁大驾光临。

在奥丁到来之前,洛基讲起他如何嘲弄托尔的故事,逗乐诸神。洛基已经解开缝住嘴巴的皮绳许久,那是侏儒勃洛克所弄,托尔也已遗忘了洛基对西芙的恶行。洛基曾和托尔一同游荡,穿越尤腾海姆,现在他所讲的故事就与那有关。

洛基告诉众神,托尔是怎样乘着他的那辆双轮铜战车,由两头山羊拉着,跨越比尔鲁斯特彩虹桥的。托尔去往何方冒险,阿萨和华纳诸神中没有一个知道。但洛基却跟了上来,托尔便让他一同前往。

当他们乘坐两头羊所拉的双轮铜战车赶路时,托尔告诉洛基他将冒险前往何方。他要去趟尤腾海姆,甚至造访巨人之城乌特加德,和那里的巨人比试力量。他对可能发生的一切无所畏惧,因为他随身带了神锤米奥尔尼尔。

他们途经米德加尔德,那里是人类的世界。有一次,当夜幕降临,他们饥肠辘辘,想要找个落脚的地方遮风避雨。他们看到一座农夫的小屋,于是就驾着战车驶向了那里。卸下套在羊身上的轭,把它们留在战车旁边的一处山洞里,两位神明,不似阿萨神族的成员,倒像周游各地的凡人,敲响了农夫小屋的门,想讨食物并借宿。

农夫和他的妻子告诉洛基和托尔,可以在此处歇脚,但无法提供食物。他们家里几无吃的东西,仅剩的一点已被充作晚餐果腹。农夫让他们进屋查看,里面一贫如洗、家徒四壁,没有一点值钱的东西拿得出来。农夫说,等到明天早上他会下河,给他们去抓一些鱼来做菜。

"我们饿得等不到明天了,现在就必须吃些东西,"托尔说道,"我想我能给大家准备一顿丰盛的晚宴。"他走到双轮战车旁边,那个山羊所在的山洞,用锤子将两头羊敲死在地。他剥下山羊的皮,小心翼翼地取出骨头,然后把骨头放到了山羊皮上。托尔扛起这包皮和骨头,把它们带进屋内,放到了农夫家壁炉上方的洞里。接着,他以不容置疑的口吻说道:"任何人都不准碰我放在这里的骨头一下。"

托尔把肉拿进了屋里。不久之后,肉便烧好了,热气腾腾地摆到了桌上。农夫夫妇和他们的儿子,还有托尔、洛基一起围坐桌前。农夫一家人已经好几天没吃饱过了,这次他们终于享用了一顿美餐。

农夫的儿子名叫提亚尔菲,是个正在长身体的小伙子,胃口颇大,老是肚饿。当肉端到桌上,父母一直使唤他到处奔走,叫他倒水,往火堆里添柴,举着点燃的火把,为使桌边的人不用摸黑吃饭。

当提亚尔菲终于能够坐下用餐，桌上的肉已经所剩不多。因为托尔和洛基胃口超大，他的父母也吃了很多，想要填饱长期以来未曾满足的肚囊。所以提亚尔菲只吃到了这顿丰盛晚宴的一点残羹冷炙。

饭后，他们躺在长椅上休息。长途奔波累了一天的托尔睡得很香。提亚尔菲虽然也躺下了，可是他满脑子想的都还是吃的。他暗自思量，等所有人都睡着之后，就从头顶上方的山羊皮中拿一块骨头敲断，吸里面的骨髓来尝。

在寂静无声的夜里，小伙子站到了长椅上，拿下那包山羊皮，那是托尔之前小心收藏的。他取出一块骨头敲断，吸吮里面的骨髓。这时洛基醒了，看到了这一切。但是他和往常一样喜欢看戏，所以袖手旁观，熟视无睹。

提亚尔菲把折断的骨头放回山羊皮里，又把山羊皮搁回了壁炉上方的洞里。然后在长椅上心满意足地睡去。

第二天一早，当他们一觉醒来，托尔所做的第一件事就是取出洞里的山羊皮，小心翼翼地捧着回到之前山羊待的那个山洞。他把包着骨头的两张羊皮放到了地上，然后用锤子逐一敲打，山羊又活过来了，羊角、羊蹄一应俱全。

但是两只羊中的一只跟往常不同，它的脚瘸得厉害。托尔检查它的腿，发现一根骨头断了。盛怒之下，他冲着农夫夫妇和他们的儿子大声咆哮："这头羊的一根骨头是在你们家被弄断的，我要把你们家推倒，把你们全部压死在屋里。"提亚尔菲哭了，他走上前去，抱住托尔的双膝，哭着求饶："我没想到我犯了这么大的错。是我把羊骨头弄断的。"

托尔举起锤子想把提亚尔菲锤死在地。可是他不忍心如此对待一个哭泣的男孩,又重新放下了锤子。"你弄瘸了我的羊,必须为我效劳,干很多活补偿,"托尔说道,"跟我来吧。"

提亚尔菲于是便随洛基和托尔一起出发上路。托尔有力的双手握着黄铜双轮车的车辕,驾车驶入一处荒凉的山谷,那是巨人和人类都未造访过的地方。他们把山羊留在广袤空旷的森林中休息,直到托尔将它们再次召唤。

托尔、洛基和提亚尔菲穿过米德加尔德进入尤腾海姆。由于神锤米奥尔尼尔就带在身边,在巨人国境内,托尔也感到十分安全。洛基则对自己的小聪明十分自信,也很笃定。提亚尔菲十分信赖托尔,所以他不担心自己的安危。这趟旅程十分漫长,在旅行途中,托尔和洛基训练提亚尔菲,使他成为一个敏捷又强壮的小伙子。

一天,他们走进一片荒野,一整天都在跋涉穿越。到了晚上,那片荒原看起来还是漫无边际。狂风凛冽,夜幕降临,附近找不到任何避身之地。在薄暮之中,他们看到一个影子好似山脉的轮廓,就朝那儿走去,希望能找到个山洞避避。

接着洛基看到了一个低矮的影子,似乎可作容身之处。于是他和托尔以及提亚尔菲绕着它转了又转,发现那是一座房子,外形非常诡异。入口处是一个又长又宽、没有门廊的大厅。当他们走进大厅的时候,发现再向里走可以通往五个长而狭窄的房间。"这个地方很怪异,但却是我们能找得到最好的歇脚地了,"洛基说道,"托尔你跟我选那两个最大的房间,提亚尔菲你从小房间中选一个吧。"

他们进了房间,躺下睡觉。但是从屋外的山中传来了一阵响声,像是树林的呜咽,又像瀑布的轰鸣。他们三个所睡的房间都在这呼啸声中震颤，那一晚，他们都没睡着。

第二天早晨，三人离开了这座五室房子，面向山脉望去。这时他们才发现，那根本不是什么高山，而是一个巨人。他们看到他时，巨人正躺在地上，但接着便翻身坐起。"小矮人，小矮人，"巨人对着眼前几个人喊道，"你们路上有没有见过我的一只手套？"他站了起来，四处张望。"哦，现在我看到我的手套了。"他接着说道。当巨人朝洛基、托尔和提亚尔菲走来时，他们仨仍旧呆立原地。巨人弯下身子，捡起了他们昨晚睡过的"房子"，把它戴在手上。那座房子原来就是巨人的一只手套！

托尔握紧了手中的锤子，洛基和提亚尔菲站在他的身后。但是这个巨人似乎幽默感十足，他说道："哦，小矮人，你们准备上哪儿去啊？"

"我们要到尤腾海姆的乌特加德城去。"托尔壮着胆子说道。

"哦，去那儿啊，"巨人说，"那就跟我来吧，我跟你们顺路。你们可以叫我斯基尼尔。"

"你能供应我们早饭吗？"托尔问道。他故意口气蛮横，因为他不想让人觉得他会害怕巨人。

"我可以给你们早饭，"斯基尼尔说，"但是我现在不想停下来吃。等我有了胃口，我们就坐下吃饭。现在走吧，这是我随身带着的皮口袋，里面有我的口粮。"

巨人把皮口袋给了托尔。托尔把它背在了背上，还让提亚尔菲坐在上面。巨人一直阔步向前，托尔和洛基根本赶不上他。到中午的时候，巨人还没有任何停下来吃早饭的迹象。

他们来到了一棵参天大树前。在树下，斯基尼尔坐了下来。

"在开饭之前,我要睡上一会儿,"他说,"我的小矮人们,你们可以从我的皮口袋里先取食物来吃。"这么说着,巨人舒展四肢睡去。不一会儿,托尔、洛基和提亚尔菲就听到了同样的响声,正是这声音让他们昨晚彻夜难眠,既像是森林的呜咽,又像是瀑布的轰鸣。原来它竟是斯基尼尔的鼾声。

托尔、洛基和提亚尔菲实在饿坏了,也顾不得这么大的噪声。托尔试着打开皮口袋,可是发现要想解开上面的结并不容易。接着洛基也试着去开,但即便用尽各种诡计,使出了浑身解数还是徒劳无功。托尔从洛基手中拿走皮口袋,想用蛮力把结挣断。但即便他力大无比也无能为力。他一气之下,把皮口袋扔到了地上。

斯基尼尔的鼾声越来越大,托尔暴怒之下站了起来,抓起米奥尔尼尔,向熟睡中的巨人额头上砸去。

锤子砸到了斯基尼尔的头上,只是惊扰了他的美梦而已。"是不是一片叶子落到我头上来了。"他喃喃问道。

巨人翻了个身又进入了梦乡。锤子飞回托尔手里。斯基尼尔的呼噜声刚响,他再次挥锤砸去,瞄准了巨人的脑门。锤子砸中目标,巨人睁开眼睛说道:"刚才是不是有一颗橡果落到我头上啦?"

说完巨人又再次睡着。托尔这下快要气炸,手握锤子站到巨人脑袋之上,对准了他的前额砸去。这是托尔有史以来砸得最狠的一次。

"一只鸟在啄我的前额。这儿没法睡觉了,"斯基尼尔坐起来说道,"对了,你们这些小矮人吃过早饭了没?把我的皮口袋扔过来,我给你们一些吃的。"小伙子提亚尔菲把皮口袋给巨人拿了过去。斯基尼尔打开了它,拿出他的口粮,分了一些给托尔、洛基和提亚尔菲。托尔没有去拿,但洛基和提亚尔菲拿来吃下。这顿饭结束之后,斯基尼尔站起来说:"是时候朝乌特加德赶路了。"

在他们赶路途中,斯基尼尔对洛基说道:"当我走进乌特加德,总是觉得自己个头十分矮小。你要知道,我是如此弱小,而那儿的人又是那么高大、力大无比。但是我想你和你的朋友在乌特加德会受到欢迎。他们一定会把你们当作小宠物看待。"

巨人离开了洛基、托尔和提亚尔菲,他们三人走进巨人之城乌特加德。街上巨人来来往往,洛基注意到,他们看起来并不像斯基尼尔说的那样高大。

乌特加德就是巨人们的阿斯加尔德城。但它的建筑却不像诸神的宫殿如格拉兹海姆、布雷达布里克、芬撒里尔那样轮廓优美。巨大而杂乱的楼宇参差耸立,好似嶙峋的高山冰岩。哦,美丽的阿斯加尔德,其上笼罩着深蓝寥廓的苍穹!阿斯加尔德,白云环绕如被钻石之山簇拥!阿斯加尔德,有那彩虹之桥和璀璨闪亮的城门!啊,美丽的阿斯加尔德,是否真有一天,巨人会将你毁灭?

托尔、洛基和提亚尔菲去了国王的宫殿。他们知道,托尔紧握的锤子能确保他们即使在那个地方也平安无恙。他们三个穿过两旁成排的巨人卫兵来到了国王的宝座前。"我知道你们两个,托尔和洛基,"巨人国王说,"我们也知道托尔这次来乌特加德是为了同巨人们比试武力。我们明天会举行一场比赛。而今天我们本地的男孩有体育比赛,如果你们这位年轻的仆人愿意同我们的年轻人比试,看谁更敏捷,那今天就可以让他参加比赛。"

由于洛基和托尔一直训练提亚尔菲的速度,所以提亚尔菲如今已是阿斯加尔德最优秀的跑步健将。因此要同年轻的巨人比赛跑步，他并不害怕。

国王点了一个叫休吉的巨人，让他同提亚尔菲比赛。他们两个一起开跑。提亚尔菲飞快地冲出起点。洛基和托尔在一旁焦急地观看，因为他们觉得与巨人比试，若能首战旗开得胜，形势将会对他们有利。但是他们看到休吉把提亚尔菲抛在了后面。他们看到年轻的巨人已经抵达终点标杆，绕着它转了一圈，又跑回到起点，那时提亚尔菲还没有跑完全程。

提亚尔菲不明白自己怎么会被打败，要求同休吉再比一次。于是，他们两人又重新跑了起来。这一次，托尔和洛基甚至觉得休吉好像根本就没有离开过起点——他几乎在比赛打响的时候，就从终点折返回来。

大家从赛场上回到了宫殿。巨人国王和他的朋友，以及托尔、洛基围着大桌坐下共进晚餐。"明天，"国王说道，"我们会有一场盛大的赛事，阿萨神族的托尔会向我们展示力量。在你们阿斯加尔德可曾听说过有谁能参加吃东西比赛？如果我们在这儿能找到一个，能和罗吉一比高下，那现在就可以在桌前进行这个比赛。罗吉的食量可比尤腾海姆的任何一个巨人都要巨大。"

洛基说："我的食量比尤腾海姆任意两个巨人加起来都大。让我来同你们的罗吉比比看吧。"

"那好！"国王说道。在座的巨人无不叫好。"很好很好！这下可有好戏看了"他们说道。

他们沿着桌子一边摆上大量的盘子，每个盘子里都盛着肉。洛基和罗吉各自从桌子两端开吃，吃光一个盘子就朝对方挪近一步。

盘子一个接一个地被清空，和巨人待在一旁观看的托尔看到洛基吃了那么多，不由得惊呆了。但是另一边的罗吉也吃光了一盘又一盘。最后，他们两人站到了一起，身边都留下成堆的空盘。"他并没把我打败，"洛基叫道，"哦，巨人的国王，我扫光的盘子和你们的冠军一样多呢。"

"但是你吃得没有罗吉干净。"国王说。

"洛基把盘里所有的肉都吃光了。"托尔说道。

"可是罗吉连骨带肉一起吃光，"巨人国王说，"你看看是不是这样。"

托尔上前查看盘子。他发现洛基吃剩下的盘子里还有骨头。而在罗吉吃剩下的盘子里空空如也：连肉带骨一扫而光，盘子里什么都没有留下。

"我们被打败了。"托尔对洛基说道。

"明天，托尔，"洛基说，"你一定要把全部的实力展现出来。否则巨人将不再害怕阿斯加尔德诸神的力量。"

"不用害怕，"托尔说，"尤腾海姆没有人能赢过我的。"

第二天，托尔和洛基走进了乌特加德大厅。巨人国王也在那里，身边簇拥着他的朋友们。托尔走进大厅，长驱直入，手中握着神锤米奥尔尼尔。"我们这里的年轻人已经喝干了他们的牛角杯，"国王说，"他们想知道你阿萨神托尔，能不能喝光这杯晨酒。但是，我必须要告诉你的是，他们认为阿萨神族中没有一个能一口把它干了。"

"把杯子给我，"托尔说，"你们给我的牛角杯，没有一只我不能一口气喝干。"

一只硕大的牛角杯被端到了托尔的面前,里面的酒盛得满满当当,晃晃荡荡,快溢出杯沿。托尔把米奥尔尼尔递给了洛基,叮嘱他站着,好让锤子处在自己视线范围之内。托尔把杯子举到嘴边。他喝了又喝,等他确信杯子里已经一滴不剩,便把它搁到了地上。"看这儿,"他说,"你们巨人的杯子已经被我喝干。"

巨人们朝杯底看了看,大笑了起来。"还说喝干了呢,阿萨神族的托尔!"国王说,"再往酒杯里瞅瞅,你简直连杯口都没喝干。"

托尔朝杯子里一瞧,发现酒还有大半。气急败坏的他又拿起杯子举到嘴边。他喝啊喝啊,等他觉得已经喝干见底,便心满意足地把杯子放到了地上,走向大厅的另一边。

"托尔认为他已经把酒杯喝干,"巨人中的一员拿起杯子说,"但是,朋友们,你们看看,里面还剩什么。"

托尔快步走了回来,又往杯子里看,发现杯子里的酒还有一半。他转过身来,发觉所有的巨人都在嘲笑他。

"阿萨神族的托尔,阿萨神族的托尔,"巨人国王说道,"我们不知道你下一场比赛将如何对付我们,但是你的酒量肯定比不过巨人。"

托尔说:"我可以把这大厅里的任何一样东西举起来再放下。"

当他正说这番话的时候,一只巨型的灰黑色猫突然窜进了大厅,站在托尔跟前。她弓起背,毛炸了起来。"那就把这猫从地上举起来吧。"巨人国王说。

托尔快步走向猫,打定主意要把她举起,扔到正在一旁嘲笑的巨人堆里。他伸手想托起猫,却举不起来。托尔的胳膊奋力抬起再抬起,尽可能举高到极限。猫那弓起的脊背已经碰到了屋顶,但她的脚却从未离地。当他使出吃奶的力气拼命举高猫咪,他听到四周的巨人发出嘲讽之声。

托尔转身放下猫,眼中的怒火熊熊燃烧,"我不习惯举猫,"他说,"叫个人来同我摔跤,我发誓你们会看到我把他打翻在地。"

"阿萨神族的托尔,这里有一个人会同你摔跤。"国王说道。托尔环顾四周,看到一位年老的妇人蹒跚朝他走来。她双目浑浊,牙齿落光。"她是我的老看护埃莉,"国王说,"她会同你比试摔跤。"

"我托尔不会同一个老太婆摔跤的。我要同你们最高大的巨人比试。"

"埃莉已经到你那儿去了,"国王说,"现在她要同你比试了。"

这位上了年纪的妇人蹒跚着朝托尔走去,她灰白色的刘海垂到脸上,下面的一双眼睛目露凶光。当这个丑陋的老太婆朝他逼近,托尔站在原地,无法移动分毫。她的双手按住他的胳膊,双脚开始用力铲他,想把他绊倒。托尔努力想把老太婆从身上甩开,却发现她双手好似铁箍,双脚好似铁柱那般有力地抵住了他。他们围着大厅扭斗了一圈又一圈,托尔无法把老太婆扳倒,让她朝后或朝侧边翻倒,反倒是在老太婆可怕的臂力之下,他变得越来越难以支撑。老太婆把托尔压得越来越低,托尔后来只能趴着,靠一只膝盖抵在地上,抱住老太婆的双肩才幸免败北。老太婆试图把托尔放倒在地,可是最后还是没有得逞。最后,她松开了托尔,一瘸一拐地朝大门走去,离开了大厅。

托尔起身从洛基手里拿过锤子,一言不发地离开了大厅,沿着原路朝乌特加德城门走去。一路上他对洛基,以及七个星期来陪伴自己穿行尤腾海姆的提亚尔菲不发一语。

托尔与洛基愚弄巨人

洛基向与会诸神讲述了有关托尔的另一件事——这件事发生在托尔和一个名叫索列姆的巨人之间,那个愚蠢的巨人生性爱捣乱。托尔和洛基先前到过这个巨人家里,巨人招待他们吃饭,托尔当时放松了警惕。

当托尔和洛基走出尤腾海姆很远,托尔发现米奥尔尼尔不翼而飞,这把神锤能保卫阿斯加尔德,且对诸神大有帮助。托尔记不清自己是怎样或是在何时把它弄丢的。洛基这时想到了索列姆,这个愚蠢又爱惹是生非的巨人。托尔之前曾弄丢过这把锤子,他发誓再也不会让它脱离视线,现在他不知道接下来该如何是好。

然而,洛基认为值得去走一趟,弄清索列姆是否知道一些线索。他先去了趟阿斯加尔德。他匆匆穿过彩虹之桥,经过海姆达尔身边时一句招呼也没打。他也没敢跟碰到的任何一位阿斯加尔德神明提及托尔丢失锤子的事情。在到达弗丽嘉的宫殿之前,他没同任何人交谈。

洛基对弗丽嘉说:"你必须把你的鹰之羽衣借给我,我要飞去索列姆的住处,去查清楚他是否知道米奥尔尼尔的下落。"

弗丽嘉说:"如果鹰之羽衣的每片羽毛都银白光亮,我就把它借你，让你跑这一趟。"

于是，洛基披上了鹰之羽衣，朝尤腾海姆飞去，来到索列姆住处附近。他发现这个巨人正在半山腰上，给自己的猎犬们戴上金银制的项圈。披着鹰之羽衣的洛基于是落在巨人上方的岩石上，透过鹰眼观察着他。

在此期间，洛基听到巨人夸夸其谈。"我现在把金银的项圈给你们戴上，"他对那些猎狗说，"不过用不了多久，我们巨人就可以用阿斯加尔德的金子来装扮我们的猎狗和坐骑。甚至把弗蕾娅的项链拿来给你戴上，我最出色的猎狗。因为，保卫阿斯加尔德的神锤米奥尔尼尔，现在就在我的手上。"

于是洛基对索列姆说道："哈，我们知道米奥尔尼尔落到了你的手上，哦，索列姆。但是你可知道，你的一言一行都在警觉的诸神眼里。"

"啊，洛基，你这个千变万化的家伙，"索列姆说，"原来你在这里。你所有的眼线都不能帮你找到米奥尔尼尔。我已经把托尔的锤子埋在掘地八里深的地方。有本事就去找吧，它埋得比侏儒的洞穴还深。"

洛基问道："你说我们再怎么找也是白搭，是吗，索列姆？"

"我是说你再怎么找也是白搭。"巨人气鼓鼓地说。

"但是你想想，如果你把托尔的锤子还给阿斯加尔德诸神，能够得到哪些酬赏。"洛基怂恿道。

索列姆说："才不，洛基，你诡计多端，我才不会把它归还，任何报酬我都不干。"

洛基说："索列姆，你还是想想吧。难道阿斯加尔德里就没什么东西是你想要的？珍宝和财产都不想要吗？那奥丁的臂环、弗雷的斯基布拉尼尔云船呢？"

"不要，不要，"索列姆说，"只有一样东西，如果阿斯加尔德诸神能够给我，我就答应拿托尔的锤子米奥尔尼尔来交换。"

洛基迫不及待地飞到巨人身边问道："索列姆，你想要的是什么呢？"

索列姆说："我想要得到许多巨人都趋之若鹜的女神弗蕾娅，我想要她做我妻子。"

洛基透过鹰眼盯着巨人看了很久，他看出巨人心意已决。"我会把你的要求向阿斯加尔德诸神传达。"最后他说，展翅飞走。

尽管洛基知道阿斯加尔德诸神是决不会答应让弗蕾娅离他们而去，成为这个蠢不可及的巨人的妻子，但他还是飞了回去。

到了这个时候，阿斯加尔德诸神都已听说了米奥尔尼尔丢失的消息，这是一把援助众神的神锤。当洛基飞经彩虹桥时，海姆达尔大声向他询问，问他带回了什么音讯。但是洛基顾不上停下同彩虹桥的守卫者说上一句，他径直朝诸神集会的议事大厅飞去。

洛基把索列姆的要求告诉了阿萨和华纳诸神。谁也不愿意让美丽动人的弗蕾娅远居尤腾海姆，成为那里最蠢的巨人的妻子。与会众神个个情绪低落。诸神以后也许将再无余力去帮助人类，因为米奥尔尼尔落到了巨人手中，他们必须集中所有的力量守卫阿斯加尔德。因此他们都默默地坐在议事厅中，神情黯然。但是，诡计多端的洛基这时说道："我想到了一个点子，也许可以帮我们从愚蠢的索列姆那里把锤子赢回来。我们可以假装同意把弗蕾娅送去尤腾海姆做他的新娘。而让诸神中的一位顶替，戴上弗蕾娅的面纱，穿上她的裙子假扮乔装。"

"哪位神明会自愿去干这种不光彩的事情？"与会诸神问道。

"哦，让托尔去吧，他丢了锤子，理应出力最多。"洛基说。

"托尔，托尔，让托尔按照洛基的主意把锤子从索列姆那里弄回来。"阿萨和华纳诸神异口同声地说。他们让洛基去安排托尔如何假扮，去尤腾海姆假装索列姆的新娘。

洛基告别了与会诸神，来到之前同托尔分别的地方。"托尔，现在只有一个办法能把锤子拿回来，"他说，"参加议事会的诸神裁决应由你去完成这项任务。"

"什么办法？"托尔忙不迭地问，"但不管是什么办法，告诉我，我会按你说的去做。"

"接下来，"洛基哈哈大笑，说道，"我会把你带去尤腾海姆，你要扮成索列姆的新娘，你得戴上新娘的婚纱，穿上新娘的裙装，也就是弗蕾娅的面纱和裙子。"

"什么！要我打扮成女人的样子？"托尔吃惊地喊道。

"是的，托尔。你要用面纱罩头，再顶上一个花环。"

"我，我要戴一个花环？"

"手指上也要戴上戒指。腰间还要挂一串管家婆的钥匙。"

"停止你的鬼把戏吧，洛基，"托尔没好气地说道，"否则，我有你好看的。"

"这不是什么把戏。为了保卫阿斯加尔德，你必须这么做，好赢回米奥尔尼尔。索列姆除了弗蕾娅什么都不要。我要糊弄他一下，把戴着弗蕾娅的面纱、穿着弗蕾娅裙子的你，带到他的身边。当你到了他的大厅里,他要你同他牵手时,你就说你不干,除非他先把米奥尔尼尔放到你手里。当这把神奇的锤子回到你手中,你就可以用它对付索列姆和他大厅里的所有人了。哦,甜甜美美的少女托尔,我会打扮成你的伴娘陪你一起去的。"

"洛基,"托尔说,"这一切都是你设计出来愚弄我的。要我穿新娘的裙子,戴上新娘的面纱。这会让我永远被阿斯加尔德众神耻笑。"

"没错,"洛基说,"但是除非你能把大意丢失的锤子带回来,否则阿斯加尔德土地上就再也不会有笑声了。"

"你说的倒是事实。"托尔不高兴地说,"洛基,你觉得这是唯一能从索列姆那里取回米奥尔尼尔的办法了吗?"

"托尔,这是唯一的办法。"爱捣乱的洛基说。

于是,托尔和洛基动身前往尤腾海姆以及索列姆的住处。在此之前,一名信使已经提前出发,把弗蕾娅将和她的伴娘一同前来的消息,向索列姆传达,以便婚宴准备停当,客人们赶来齐聚一堂,米奥尔尼尔也准备好就备在手边,以交还给阿斯加尔德众神。索列姆和他的巨人母亲急着把诸事安排妥当。

托尔和洛基分别穿着新娘和伴娘的裙装来到巨人家中。头上盖着的面纱遮住了托尔的胡须和他那双令人生畏的眼睛。他还穿着红色刺绣的礼服,腰间挂着一串管家婆的钥匙。洛基也戴了面纱。索列姆大屋的厅堂被打扫得一尘不染,张灯结彩,在那里婚宴用的大桌已经摆好。索列姆的母亲逐个招呼客人,向他们吹嘘自己的儿子得到弗蕾娅作新娘,她是美丽的阿斯加尔德众神中的一位,许多巨人都曾试图把她据为己有。

当托尔和洛基跨过门槛的时候,索列姆前去迎接他们。他想撩起新娘的面纱给她一吻。洛基迅速摁住巨人的肩膀阻止。

"再忍耐下,"他低声对索列姆耳语,"别掀开她的面纱,我们阿斯加尔德神明都很含蓄矜持,容易害羞。如果在这种场合被亲吻,弗蕾娅一定会觉得受到很大的冒犯。"

"是啊,是啊,"索列姆年迈的母亲赶忙说道,"儿子,别掀开新娘的面纱。阿斯加尔德诸神在言行上要比我们巨人注意。"说完,她就拉着托尔的手,把"她"带到了桌边。

新娘的身材和腰围并未让那些参加婚礼、体型庞大的巨人们起疑。他们目不转睛地盯着托尔和洛基,但是由于面纱遮盖,所以巨人根本看不到他俩的脸,也几乎看不清他们的脸型。

托尔坐在桌边,他的一边是索列姆,另一边是洛基。于是婚宴正式开始。托尔立刻就吞下了八条三文鱼,他没意识到自己的行为同一名举止文雅的少女极不相称。一旁的洛基推了推他,又踩他的脚,但托尔压根就没注意洛基。在吃过三文鱼之后,他又吃了整整一头公牛。

"这两个阿斯加尔德来的少女,"宴席上的巨人们相互嘀咕,"按理说应该同索列姆的老妈说的那样,举止优雅文静,可是她们的胃口实在是彪悍!"

"也难怪她吃了这么多,真是可怜,"洛基对索列姆说,"要知道这已经是我们离开阿斯加尔德的第八天了,这一路上弗蕾娅粒米未进,她急不可耐地想见到索列姆,想到他的家里。"

"哦,我可怜的爱人,可怜的爱人,"巨人这下说,"她吃得还是很少的。"

托尔朝装有蜂蜜酒的大桶点了点头。索列姆命他的仆人过来给他的新娘倒上一些。接下来，仆人一直不停地来给托尔倒酒。巨人们在一边看着，洛基在一边不停地推他摇他，在此期间他喝下了三桶。

"哦，"参加宴会的巨人们对索列姆的母亲说，"这样看来，我们没能从阿斯加尔德迎娶新娘，并不是特别遗憾的事了。"

面纱的一角滑落一边，托尔的眼睛有一瞬间露了出来。索列姆看到后不解地问，"哦，弗蕾娅的眼神怎么会这么直勾勾的呢？"

"可怜的女孩，可怜的女孩，"洛基说道，"也难怪她的双眼直直圆瞪。她八个夜晚都未曾合眼，如此盼望着见你，到你家里来，索列姆。现在，你应该同你的新娘牵手了。首先，你得把米奥尔尼尔放到她手中，这样她就会知道巨人为她的到来付出了怎样沉甸甸的代价。"

于是，索列姆，这个最愚蠢的巨人就站了起来，把阿斯加尔德的守卫之锤米奥尔尼尔带进了宴会大厅。托尔按捺不住想一跃而起，一把从他手里夺过锤子。但是，洛基想办法让他保持冷静。索列姆把锤子带了过来，把它放到了他自认为是新娘的那个人手里。托尔一把握住锤子，立即站了起来。面纱从他的头上滑落下来，这下他的面容和那愤怒的眼神一览无余。他冲屋子的墙壁猛然一击，墙体应声坍塌。接着托尔同身边的洛基，一同从废墟中大步走了出去，而屋内倒塌的屋顶和墙壁砸在巨人身上，他们大声叫唤。

这就是阿斯加尔德的守卫之锤，米奥尔尼尔失而复得的故事。

海神埃吉尔的宴会

聚集在年迈的海神埃吉尔的宴会大厅里侯宴，阿萨和华纳众神听洛基拿托尔的故事打趣，午后的时光不知不觉消磨过去。当夜幕降临，阿斯加尔德诸神的宴席却还没备好。他们叫来埃吉尔的两名仆人，费玛芬和埃尔德尔，吩咐他俩为他们准备一顿晚餐。阿萨诸神吃到的东西很少，但是他们在睡觉前心念："年迈的埃吉尔一定在大操大办地准备，明天会用盛大的宴会来款待我们。"

到了第二天，晨曦来临，日移正午，阿斯加尔德诸神还是不见任何宴会筹备工作开始的迹象。于是，弗雷起身去找老埃吉尔，这位伟大的远海之神。他发现埃吉尔正垂头坐在内殿。"嘿，埃吉尔，"他问，"你要为众神举办的宴会准备得怎么样了？"

老埃吉尔咕哝了几句，捋了捋他的胡子。最终他抬头看了看客人的脸，道出了宴会之所以没准备好的实情。因为宴席上要备的蜂蜜酒还没酿好，而且要酿出足够供应诸神的蜂蜜酒也不太可能，因为埃吉尔的大厅里没有容量够大的酒壶。

阿萨与华纳诸神听到这个消息极度失望。如今在阿斯加尔德之外，除了埃吉尔，还有谁会设宴款待他们？埃吉尔是巨人中唯一对他们友善的人，现在连埃吉尔都无法将他们招待周全。

这时一位在场的巨人青年大胆发言："我的族人希米尔，有一个宽达一里的酒壶。如果我们能把他的酒壶拿到这儿来，我们的宴会将会多么尽兴！"

"我们中的一个可以去跑一趟，把那酒壶拿来。"弗雷说。

"啊，可是希米尔的住处比最深的森林更偏远，在最高的山脉更后面，"这个年轻的巨人说道，"希米尔本人又蛮横粗鲁，脾气暴躁，不会同意我们的请求。"

"即便这样，我们也应该派一个人去一趟。"弗雷说。

"我去希米尔的住处吧，"托尔说着起身，"我去希米尔的住处，不管靠蛮力还是智取，都要把那一里宽的酒壶拿来。"之前，洛基一直对众神说托尔的那些丑事，让他感到很憋屈。现在他乐于靠这个机会来向阿萨和华纳众神展示自己的无比英勇。

托尔扣上了能使他力气倍增的腰带，戴上了使他能够牢牢握住米奥尔尼尔的铁手套。他握锤在手，示意那个年轻的巨人跟他一道，做他的向导。

当托尔迈出年老的埃吉尔的大厅时，阿萨和华纳诸神都为他喝彩。可是洛基，淘气包洛基，又在托尔背后拿他开了一回涮。"索列姆的新娘子，这下别又把锤子弄丢了。"他大声喊道。

托尔在年轻巨人的带领下，穿过了最深的森林，翻越了最高的山脉，最终来到了巨人的住处。在希米尔屋前的小山丘上，有一个面目可怖的看守人：那是一个干瘪的巨人老太婆。她的肩上长着好多颗头。她坐在自己的脚踝上。长出来的那串头，朝不同的方向张望。当托尔和年轻的巨人靠近,她所有的头都发出尖叫和呼喊。托尔抄起锤子,要不是一位女巨人走到希米尔住所门前,向他们做了一个小声点的手势,他差点举锤向她砸去。和托尔同行的巨人青年,亲切地叫女巨人母亲。

"儿子,到里面来,"她说,"你可以把和你同行的旅行者也带进来。"

那个干瘪的巨人老太婆——她是希米尔的祖母——继续尖叫不止。但是托尔还是直接从她身边走过,踏进了巨人家门。

当看清和自己儿子一同前来的是阿斯加尔德众神中的一员,女巨人为他俩担心不已。"希米尔,"她说,"如果他发现有阿萨神族踏进他的家门,一定会想方设法消灭你们的。"

"他不见得能赢。"托尔说道,他攥着米奥尔尼尔,这把锤子在巨人族之间家喻户晓、闻之丧胆。

"你们还是躲起来吧,"女巨人说道,"如果希米尔发现你在这儿,他一定会大发雷霆,伤到我儿子的。"

"我才不会躲着巨人呢。"托尔说道。

"哪怕就躲一会儿也好啊!等希米尔吃饱了就行,"女巨人劝道,"他狩猎回来时总是气急败坏,等他吃饱了,就容易对付得多了。你们躲到他吃完了晚饭再出来吧。"

最终托尔同意先藏起来。他和年轻的巨人躲在厅里的一根石柱后面。当巨人穿过院子的脚步声传来,他们才勉强藏好。巨人来到了门边,嘴边的胡须像霜冻的森林。他随身拖着一头野公牛,那是他的猎物。他对这次的收获非常满意,以至把猎物拖到了大厅里。

"我把它活捉回来了,"巨人嚷嚷道,"这头牛有最厉害的头和角，人家叫它'破天者'。除了我之外，没有哪个巨人能制伏得了。"说着，他把牛拴在了门柱上，目光转向托尔和年轻巨人藏身的石柱。被希米尔的视线一扫，石柱整个裂开。他步步逼近，石柱竟拦腰折断，同它支撑的横梁一起倒了下来。挂在梁上的酒壶和大锅纷纷掉落在地，噼里啪啦一阵巨响。

托尔迈步走出，面对着暴怒中的巨人。"是我在这儿，我的朋友希米尔。"托尔把手搭在锤子上，对巨人说道。

希米尔听说过托尔，对他那把锤子的威力有所耳闻，他后退了几步。"现在你是客人，"他说，"阿萨神族的托尔，我不会跟你争吵的。"他对女巨人说道："给阿萨神族的托尔、你儿子还有我准备晚饭吧。"

丰盛的晚餐端上了餐桌，希米尔、托尔和年轻的巨人围着三头烤全牛坐了下来。托尔吃了一整头牛。希米尔一人几乎啃光了剩下的两头，只留些残渣给自己的妻子和年轻的亲属，他对托尔的胃口发起牢骚。"阿萨神族的托尔，"他说，"要是你待在我这儿长了，还不把我吃垮。"

"别嘀咕啦，希米尔，"托尔说，"明天我去钓鱼，会把我今天吃的量补偿给你的。"

"那我不去打猎了，明天去跟你钓鱼吧，阿萨神族的托尔，"希米尔说，"如果我带你出海，去风大浪急的海上，你可别吓坏啊。"

第二天早上希米尔头一个起床，手里拿着钓竿和绳子去托尔睡觉的地方找他。"阿萨神族的托尔，你自食其力填饱肚皮的时候到啦。"他说。

托尔从床上起来,当他俩都走到院子里时,巨人说道:"你得自备一份鱼饵,记得要足够大,因为我将带你去的地方可没有小鱼。如果你之前从没见过真正的怪兽,那你这次就能开开眼界了。听你说要去钓鱼时,我很高兴,阿萨神族的托尔。"

"这个鱼饵够大吗?"托尔问道。说话时他把手搭在公牛的角上,那头牛正是希米尔打猎时捕获回来的,有着威猛无比的犄角,人称"破天者"。

"够了吧,如果你足够高大,能使好它。"巨人说道。

托尔一言不发,朝着牛的眉心结结实实就是一拳,这头庞然大物倒在地上死了。托尔接着把它的头拧了下来。"希米尔,我的鱼饵已经准备好了,现在随时可以跟你出发。"他说。

目睹托尔此举,希米尔心中大为不悦,为了掩饰自己的怒气,他转身走开。他朝船走去,一言不发。"头几桨你来划,"坐上船后,希米尔说道,"到了风浪大的地方,我来替你。"

托尔一声没吭地划了几桨,把船划到了大洋中间。想到无法表现一番压倒托尔,希米尔心里便怒气满满。他抛出了线,开始钓鱼,不一会儿,就感到有什么庞然大物咬上了他的鱼钩。船身不停地摇晃,直到托尔把船稳住。希米尔钓上船的是邻近海域中最大的一头鲸鱼。

"你的钓鱼技术不错。"托尔把鱼饵穿到鱼钩上说道。

"你可以对阿萨诸神说说我的本事,"希米尔说,"我想既然你在这里,得让你见识见识比钓三文鱼更厉害的本领。"

"现在让我来试试运气。"托尔说。

说罢,他把钓鱼绳抛到了海里,绳子的一端绑着那头巨角公牛的硕大牛头。牛头慢慢沉入深渊。经过巨鲸遨游之处，鲸鱼慑于牛角锋利，不敢吞食。牛头沉啊沉啊，直至蛇怪盘踞之地，那条巨蛇围着世界盘绕。当托尔的鱼饵下落，穿越海水深处，那条巨蛇抬起了头。它狼吞虎咽地吃起了牛头，把它吞进喉咙。鱼钩卡住了咽喉，蛇怪大吃一惊。它摆动身躯，搅动海水，只见怒海咆哮，巨浪滔天。那钩子还是死死地卡住。接着它便拼命挣扎，试图把船上钓住它的某人拖入海底深处。托尔把两腿叉开，跨坐在船上，不断伸直双腿，直到触及海底。他踩在海床之上，不断地往上拉起钓鱼绳。蛇怪不停地抽打着海水，海面上生起了越来越猛烈的暴风雨，全世界的船只都互相撞击，被高高抛起，残破失事。巨蛇不得不把盘绕世界的身体一圈一圈松开。托尔不停地往上拉着钓鱼绳，蛇怪可怕的头颅浮出了水面。它的头向上昂起，高过了希米尔所乘、托尔跨立的那条船。托尔放下绳子，拿起了他神奇的锤子米奥尔尼尔。他扬起锤子，准备向那条盘绕地球的蛇怪头上砸去。但是一旁的希米尔容不得这一切发生。他不想让托尔因此胜过自己，所以割断了钓鱼绳。于是，蛇怪的头又沉入了海底。托尔的锤子已经举起，他把它抛入水里，这把锤子即使被托尔抛了出去还是会回到他的手里。它追着巨蛇下沉的头，一寻一寻深入海底。它击中了蛇怪一次，可是碍于海水的阻力，这一锤未能致命。大蛇疼痛的咆哮声从海底深处传来，让整个尤腾海姆都为之胆战心惊。

"这事才应该让阿萨诸神知道，"托尔说，"能让他们忘掉洛基讲我的那些糗事。"

希米尔默默地调转船头，把船朝海岸划去，船后面拖着那条鲸鱼。一想到阿萨神族一员的战绩超越了自己，他就觉得怒不可遏，所以他不打算跟任何人提及此事。晚饭的时候，巨人还是沉默不语，但是托尔把事情告诉了在座的另两个巨人，向他们大声夸耀自己战胜蛇怪的壮举。

"阿萨的托尔，你一定认为自己无所不能吧，"希米尔最后开口说道，"好，你觉得你有足够能耐把面前的这个杯子打破吗？"

托尔笑着举起杯子朝石柱上扔去。杯子掉在了地上，连一丝裂缝和划痕都没有留下，石柱反倒被撞个粉碎。

巨人大笑道："原来阿斯加尔德来的家伙如此弱不禁风。"

托尔再次抄起杯子，用更大的劲朝石柱砸去。杯子掉到了地上，照旧完好无损。

这时托尔听到，年轻巨人的母亲在他身后一边转动纺轮，一边轻声唱起了歌谣：

> 不要扔向呆立不动的石柱，
> 而要掷向希米尔硕大头颅；
> 下次你要再把酒杯扔出时，
> 让他的脑袋领教你的威力。

托尔又一次拿起了酒杯。这次他没把它砸向石柱，而是砸向了希米尔的脑瓜。它正中巨人的脑门，裂成碎片散落在地。希米尔的头完好如初，一点凹坑和伤痕都没有。

"啊，看来你能打破一只酒杯了，"巨人吼道，"不过，你能把我一里宽的酒壶举起来吗？"

"告诉我你那一里宽的酒壶放在哪里，我会尽力把它举起来的。"托尔回击道。

巨人掀开地板，把地窖里那个一里宽的酒壶指给他看。托尔弯下腰，抓住了酒壶的边缘，慢慢将它举起，看起来样子非常吃力。

"看样子你能举起它来，但你能搬得动它吗？"巨人见状说道。

托尔说："我尽力试试。"说着，他举起了酒壶，把它顶在头上，大步朝门边走去，巨人还没来得及阻止，他便走了出去。他一走出屋外，便开始跑了起来。直到翻过高山才回头查看。他听到一声声尖叫，发现那个长着一串脑袋的丑老太婆在他身后追赶。托尔翻山越岭地飞速奔跑，头上顶着那个一里宽的酒壶，身后尾随着紧追不放的巨人老太婆。他穿过密林，翻过高山，那个长着一串脑袋的巨人老太婆仍然穷追不舍。不过最终，当他们飞越一片湖泊的时候，老太婆掉了下去，托尔终于摆脱了追逐者。

托尔头上顶着那个一里宽的酒壶凯旋而归，回到阿萨和华纳诸神那里。当他踏进大厅的时候，阿萨和华纳诸神当中那些因洛基的捉弄，而对托尔嘲笑得最厉害的神明，也都起身为他欢呼。美酒酿好了，佳肴也已摆上了桌，大家在一片欢畅中享用着美食。此次盛宴，海神埃吉尔对阿斯加尔德诸神招待之隆重，前所未有。

宴席上有一个人比较古怪，始终一语不发。看身形他应当是一个巨人，没有人知道他是何人，也没有人知道他从哪儿来。当宴会结束时，众神中最年长的奥丁转向那个人，对他说道："哦，斯基尼尔，乌特加德伟大的国王，站起来吧，告诉托尔，当他和洛基来到你的城市时，你对他所有的试炼。"

接着这位列席的陌生人站了起来，托尔和洛基看到他就是巨人

国王,他们曾在他的大厅里比试。斯基尼尔把视线转向托尔和洛基,对他们说:

"哦,托尔,哦,洛基,现在我将向你们坦白我对你们的欺骗。在你们进入乌特加德的前一天,在荒原上见到的人是我。我告诉你们我的名字是斯基尼尔,我使尽浑身解数不让你们进入乌特加德,因为巨人们很怕同阿萨神族力大无比的托尔较量。哦,托尔,你听我说,我给你们的皮口袋,那个让你们从里面掏东西出来吃的皮口袋,扎紧它的绳结其实施了魔法。没有人能靠蛮力或巧计打开它。当你们想方设法想把结解开,我在我们之间放了一大堆石块。你用锤子向我砸去,以为砸到的是我,其实击中的是那堆山石,把它砸出了巨大的裂缝和凹坑。当我见识到你锤击的威力之后,越来越惧怕你进入我们的城市乌特加德了。"

"我明白只能继续用魔法来欺骗你们。你们年轻的小伙子提亚尔菲是我第一个蒙骗的对象。同提亚尔菲比赛的不是年轻的巨人,而是思想。哦,洛基,我甚至连你也欺骗。因为你拼力想打败的那个由我指定的、胃口最大的巨人,其实不是巨人,而是能吞噬一切的火焰。"

"托尔,至于你,则在所有的比试中都被我骗了。当你双手端起牛角杯时,看到你能喝下如此多的酒,我们巨人都惊恐不已。因为牛角杯的一端通向了海洋,在座的埃吉尔可以证明,当你喝完杯子里的酒后,海平面都下降了。"

"你试图举起来的那只猫其实是巨龙尼德霍,它一直在噬咬着世界之树伊格德拉西尔的树根。当看到你竟能挪动尼德霍时,我们真的非常惊恐。当你把猫背举到了我们宫殿的屋顶时,我们心想:

‘托尔是我们所知的一切生灵中力气最大的。’"

"最后，你又同丑老太婆埃莉比试。她的力气看起来要大过你，你发现自己摔不动她时感到很丢脸。可是托尔，你要知道，同你摔跤的埃莉其实是年老本身。我们看到能把一切压垮的她竟然不能把你压趴到地上时，又感到非常害怕。"

斯基尼尔说完这番话后就离开了大厅。在座的阿萨和华纳诸神又再一次起身为托尔欢呼，他是众神中力气最大且一直守卫着阿斯加尔德的神明。

侏儒的宝物及其诅咒

现在老埃吉尔的宴会结束。阿萨和华纳诸神都准备返回阿斯加尔德。只有两位神祇不同——众神中最年长的奥丁，以及喜欢恶作剧的洛基。

洛基和奥丁隐藏起所有的神力。他们去了人类的世界，表现得与凡人无异。他俩一同穿过米德加尔德，与各种人往来：国王与农民，逃犯与正直的人，武士与一家之主，奴隶与议事会成员，谦恭有礼者及粗野无礼的人。

一天，他们来到一条大河岸边，在此歇息，听到附近传来打铁的声音。

过了一会儿，他们看到一只水獭爬到河中央的一块石头之上。水獭潜入水中，带着捕获的三文鱼又回到了岩石上，在那儿狼吞虎咽地吃着。接着，洛基做了一件无聊的坏事，他拿起一块大石头朝水獭扔了过去，石块击中了水獭的脑壳，把它砸死在地。一旁的奥丁把这一切看在了眼里。

"洛基啊洛基，你可知你刚才的所作所为是多么无谓，多么邪恶？"奥丁问道。洛基只是大笑。他游过河去，把水獭带了回来。

"你何苦要了这只畜生的命呢?"奥丁说道。

"是我好事的天性唆使我这么干的。"洛基说道。他拔出小刀,把水獭开膛破肚开始剥皮。剥好皮后,洛基把它叠好掖在了自己的腰带上。接着,奥丁和他离开了河边。

他们来到一座屋前,屋边有两间铁匠铺子,从中传来打铁的响声。他们走进屋子,询问是否可以在那里吃饭歇息。

一个老人正在火上烤鱼,他指了指一条凳子,"你们就在那儿休息吧。等鱼烤好了,我会给你们些好东西尝尝。我儿子是一名出色的渔夫,他给我带了条最好的三文鱼来。"

奥丁和洛基坐在长凳上,老人继续烤着鱼。"我的名字叫赫瑞德玛,"他说,"我有两个儿子在外面的铁匠铺里干活。我还有第三个儿子,就是他为我们一家人捕鱼。哦,旅行者,你们是什么来头呢?"

洛基和奥丁把他们的名字告诉了赫瑞德玛,不过没有用他们在阿斯加尔德或是米德加尔德为人熟知的名字。赫瑞德玛用鱼来招待他们,他们吃了起来。"你们在路上碰到过什么危险吗?"赫瑞德玛问道,"几乎没有人到这儿来告诉我路上的见闻。"

"我用石块砸死了一只水獭。"洛基笑着说道。

"你杀了一只水獭!"赫瑞德玛喊道,"你在哪儿杀的?"

"老人家,我在哪儿杀死的水獭对你来说无关紧要,"洛基说道,"不过,水獭的皮倒是不错,我把它掖在了腰带上。"

赫瑞德玛一把从洛基的腰带上夺下皮来。他把皮拿到眼前一看就尖叫了起来:"法夫纳、雷金,我的儿子们,快来这儿,把你们铺子里的奴隶带到这儿来。快点,快,快!"

"老人家,你为什么突然这样大声叫喊呢?"奥丁问道。

"你们杀害了我的儿子奥托,"老人吼道,"我手里拿着的是我儿子的皮。"

老人说话的当口,两个年轻人带着铁匠铺里用的大手锤走了进来,他们身后跟着奴隶。"哦,法夫纳,哦,雷金,用你们的锤子把这两个人砸死,"这两人的父亲哭着喊道,"我用魔法把你们的弟弟奥托变成了河兽,以便他为我捕鱼。他一直好好地待在河里,现在却被这两个人杀了。"

"冷静点,"奥丁说,"现在看来,我们确实杀了你的儿子,但我们不是有意做的。我们会为你儿子的死作出补偿。"

"你们会给我什么补偿?"赫瑞德玛看着奥丁问道,他的小眼睛目光锐利。

众神中最年长的神明奥丁,说了句同他的智慧和力量不相称的话。他本可以说:"我会给你带一滴弥米尔的智慧泉水,补偿你儿子的死。"但是他并没想到用智慧补偿,众神之父想到的却是金子。他说:"给你儿子的命开个价吧,我们会拿金子来赔偿。"

"也许你们是游历世界的伟大君王,"赫瑞德玛说,"如果你们真的是,那你们找来的金子,必须能盖住被你们杀害的水獭身上每一根毛发。"

奥丁一直在想金子的事,他想起一个由侏儒守卫的宝藏。在九界没有其他珍宝可以和它媲美,足以满足赫瑞德玛所提要求。奥丁把这个宝藏细细掂量,考虑怎样才能把它弄到手,可是他又为自己的想法感到可耻。

"洛基,你听说过恩德瓦尔的宝物吗?"奥丁向洛基问道。

"我听说过它,"洛基尖声答道,"我还知道它被藏在哪里。奥丁,你是否愿意交给我去办,去把恩德瓦尔的宝物取来?"

奥丁对赫瑞德玛说:"如果你们同意让这个人去取宝物,把那能将水獭身上每根毫毛都盖住的宝藏带来,我愿作人质留在你们这儿。"

"我同意。"赫瑞德玛说道,眼中露出尖锐狡黠之光。"你走吧。"他对洛基说。于是,洛基离开了那座屋子。

恩德瓦尔是个侏儒,在很久以前,他就把九界中最了不起的宝物弄到了手。为了形影不离地看守宝物,一刻也不放松,他变成了一条鱼——一条狗鱼,在宝物所藏的山洞前的水里,他谨慎地游来游去。

阿斯加尔德所有神明都听说过恩德瓦尔这个侏儒,也知道他看守着的宝物。诸神普遍视其为禁忌,不敢染指,认为某种邪恶不祥与其相连。但现在奥丁发话说要把它从侏儒那里拿走。洛基兴奋万分地朝恩德瓦尔的洞穴出发,他来到了山洞前的池塘边,留心寻找恩德瓦尔的身影。不久,他就看到了那条狗鱼,它在山洞前小心翼翼地游着。

洛基得抓住这条狗鱼,扣留它,直到它拿出宝藏赎身。正当洛基观察的时候,狗鱼猜到了洛基的想法,他突然奋力朝前游去,飞速顺流而下。

洛基徒手抓不住鱼,手边也没有鱼钩和绳子。那该怎样逮住它呢?看来只有靠一张魔力织成的网才行。洛基想到他可以去哪里搞到这样一张网来。

伟大的远海之神埃吉尔的妻子澜,有一张用魔力织就的网。她曾用它捞起海中所有失事船只的残骸。洛基想到了澜的网，他转身回去，来到埃吉尔的大厅，去向他的王后借网。但是澜很少待在她丈夫的住处。她现在正下到海中礁石之间。

洛基找到了澜，这位冷酷的王后正站在涌动的海潮中，手里抓着网，从深海中拉上来曾被海水卷走的每一件宝物。她从海中捞出的东西已经堆积如山，有珊瑚琥珀、金银财宝，但她还是贪心地继续来回拉网。

"你应该认得我，埃吉尔的妻子。"洛基对她说道。

"我知道你，洛基。"澜回答。

"把你的网借我吧。"洛基说。

"我不会那样做的。"澜答。

"把你的网借给我，我就能抓住侏儒恩德瓦尔了，恩德瓦尔夸口说他的宝物比你从海里捞上来的所有珍宝都要贵重。"洛基说道。

冷冰冰的海之王后停止了拉网。她一动不动地看着洛基。是的，如果他是准备去抓恩德瓦尔的话，她就愿意把网借给他。澜痛恨所有的侏儒，因为总是有人告诉她说侏儒们拥有的宝物比她所占有的要贵重得多。但是其中她最恨的人还是恩德瓦尔，因为他拥有九界中最贵重的宝物。

"这里再捞不到什么了，"澜说，"如果你发誓明天之前肯定能把我的网还回来，我就把它借给你。"

"哦，埃吉尔的王后，我向穆斯帕尔海姆的火焰起誓，一定在明天之前把网还你。"洛基大声喊道。于是澜把这张有魔力的网交到了洛基的手里。洛基又回到那个地方，那是变身了的侏儒保卫自己神奇宝物的地方。

恩德瓦尔化身狗鱼悠游的池塘非常阴暗。虽然漆黑一片，但对恩德瓦尔来说，有他那些奇妙珍宝的光芒笼罩，池塘仿佛金碧辉煌。为了守住这些宝贝，他不再与侏儒们往来，也放弃了亲自打造工艺品的乐趣。为了这些宝物，他甘愿变作一条又聋又哑的鱼。

现在当他在山洞前四处游动，注意到上方又有一个人影。他向河岸投射在水中的阴影处溜去。当他转身的时候，看到一张网正向自己这里撒来。他潜入水底，但是那张有魔力的网已经铺开，他陷入了网眼之中。

突然他被拽出水面，扔到岸上，喘不过气来，如果他没有及时解开变身，便已一命呜呼。

不久后恩德瓦尔恢复了侏儒人形。他听到抓他的人说："恩德瓦尔，你被捉了。捉你的人是阿萨诸神中的一员。"

"你是洛基。"恩德瓦尔喘着粗气。

"你已经被逮住了，将被扣留，"洛基对他说，"你得把宝物交给我，这是阿萨诸神的意愿。"

"我的宝物，我的宝物！"侏儒大声喊道，"我绝不会把它交出来的。"

"在你交出来之前，我不会放你走。"洛基说。

"这不公平，不公平，"恩德瓦尔叫道，"洛基，没有正义感的只有你。我要去奥丁的宝座前申诉，让奥丁为你设法抢我宝物的罪行惩罚你。"

"就是奥丁派我来拿你的宝贝给他。"洛基说。

"难道所有阿萨神族的成员都失去正义感了吗？啊，也是，在

115

万物之初他们就欺骗为他们修建绕城高墙的巨人。阿萨神族一向是不公正的。"

洛基牢牢控制着恩德瓦尔。侏儒对他大发脾气，还是不答应他的要求，于是洛基开始拷打折磨恩德瓦尔。最后，气得浑身颤抖、脸上满是泪水的恩德瓦尔，只得把洛基带去了他的山洞，挪开一块岩石，告诉他那里的一大堆金子和宝石就是他的宝物。

洛基马上动手把金锭、金块、金环，以及宝石如红宝石、祖母绿、蓝宝石塞入魔网之中。他看到恩德瓦尔抓走了宝物堆上的什么东西，但他不动声色。最后当所有东西都装入网里，洛基站在那里，准备背起侏儒的宝物离去。

"恩德瓦尔，你还有个东西要给我，"洛基说，"就是你从宝物堆上拿走的那枚戒指。"

"我什么都没拿过，"侏儒说，"我没从宝物堆上拿走任何东西。"但他说这话时，气得浑身发抖，牙齿打颤，口吐白沫。

但是，洛基拉起恩德瓦尔的胳膊，他腋下藏着的一枚戒指掉到地上。

这是所有宝物中最珍贵的。要是这枚戒指仍在他的手里，恩德瓦尔还能够自诩仍旧留有一件宝贝，因为这枚戒指本身就能产出金子。戒指是由黄金打制，淬去一切杂质，再铭刻鲁纳文加持。

洛基拿起这枚最珍贵的戒指，把它戴上手指。侏儒气得冲他大叫，用两个拇指指向洛基，诅咒骂道：

刻有鲁纳文的戒指，
上有神奇威力加持。

愿它能毁掉你的好运，
愿它使罪恶加诸汝身。
你，洛基，
还有所有想把我珍藏的戒指
据为己有的人，
无一幸免。

当恩德瓦尔念叨这诅咒之时，洛基看到山洞里有一个人起身向他走来。当这个人影走近，他认出来，她就是曾经在阿斯加尔德居住过的女巨人古尔薇格。

创世之初，当诸神已经来到他们的圣山、阿斯加尔德尚未建立之时，三位女巨人曾经来到阿萨诸神中间。这三人与诸神相处了一段时间，阿萨神族的生活发生了改变。他们开始看重金子，将它囤积，不再信手把玩；他们开始蓄意挑起战争，奥丁朝华纳诸神派来的信使们掷去他的长矛，战争降临到世间。

后来，三位女巨人被逐出了阿斯加尔德。阿萨诸神也同华纳诸神缔结和约。能让人青春永驻的苹果在阿斯加尔德长成，硕果累累。对金子的渴求得到了抑制，可是阿萨诸神再也无法像昔日那样幸福快乐，回到女巨人造访之前。

古尔薇格是三位女巨人中的一员，她们让诸神最初拥有的快乐时光灰飞烟灭。瞧，她就住在恩德瓦尔囤积珍宝的山洞里，脸上挂着笑容，朝着洛基走来。

"你瞧，洛基，"她说，"你又看到我了。派你到这个山洞来的奥丁也会再次看到我。等着吧，洛基，我会当你的信使去给奥丁带话，说你会带着恩德瓦尔的宝物前来。"

古尔薇格一边冲他微笑，一边如此说道，踏着轻快的步伐走出了山洞。洛基把魔网的四角扎在一起，把所有宝物兜在网中，也离开了山洞。

众神中最年长的奥丁，身倚长矛站立，注视着面前摊开的水獭皮。一个人影飞速闪入屋内，奥丁朝她看去，认出这个健步如飞、屁颠屁颠进来的人就是古尔薇格，她曾经和两个同伙一道给诸神的快乐岁月蒙上阴影。奥丁举起他的长矛，准备朝她掷去。

"奥丁，把你的长矛放下，"她说，"我在侏儒的洞穴里住了很长时间，是你的话把我放了出来，是恩德瓦尔戒指的诅咒把我送到了这里。放下你的长矛，看着我，众神中最年长的神。"

"你确实把我逐出了阿斯加尔德，但是你的话又让我回到你的面前。如果你和洛基能用金子换来自由，可以进入阿斯加尔德，那我古尔薇格，自然也可以自由进入。"

奥丁收回手里的长矛，长叹一声说道："确实如此，古尔薇格，我不会再阻止你进入阿斯加尔德。要是我当初想用卡瓦西的蜂蜜灵酒或是弥米尔的智慧泉水，而不是用金子来赔偿那人该有多好。"

当奥丁和古尔薇格说话的时候，洛基来到了赫瑞德玛的住处。他把魔网搁在了地上。眼尖的老赫瑞德玛、身材魁梧的法夫纳、面露饥色的瘦雷金走了进来，透过魔网盯着闪烁的黄金和宝石直看。他们开始相互推搡，争先恐后地想一睹黄金的风采。接着赫瑞德玛大声叫道："在我们清点的时候除了两位国王和我之外，其他人都出去，我们要清点金子和宝石，看看够不够赔偿。出去出去，我的儿子们。"

法夫纳和雷金被迫走到屋外。他们慢吞吞地挪动,古尔薇格和他们一起,在他们耳边嘀咕。

年迈的赫瑞德玛用颤抖的双手展开曾经包裹他儿子的皮毛。他把毛皮上的双耳、尾巴、爪子都拉出来,让每一根毛发都暴露在外。他双膝跪地,两手撑地,许久许久,用锐利的双眼仔细检视着毛皮的每一条纹理。依旧跪着,他开口说道:"哦,国王们,现在开始吧,用一块块宝石或金子来盖住我儿子的每一根毛发。"

奥丁倚靠着自己的长矛,注视着准备付出的宝石和黄金。洛基取出金子,有金锭、金块还有金环;又拿出宝石,有红宝石、祖母绿和蓝宝石,开始用它们来盖住每一根毛发。不多久,毛皮中间都被盖好。接着他拿起宝石和金子盖上爪子和尾巴。很快,水獭皮变得金光闪闪,似乎可以照亮全世界。不过洛基仍在搜寻哪里还能放上一颗宝石或者一块金子。

最后,洛基站了起来。网中所有的宝石和金子都已被取了出来,水獭皮上的每一根毫毛都已经被黄金和宝石覆盖。

年迈的赫瑞德玛依旧跪在地上,双手撑地,仔细扫视每一寸毛皮,他找啊找,想找到任何一根还没有被盖上的毫毛。最后他跪立在地,张着嘴巴,但却一言不发。他碰了碰奥丁的膝盖,当奥丁俯下身去,他把水獭嘴唇上的一根毫毛指给他看,那根毫毛还未被盖住。

"你这是什么意思?"洛基冲他嚷道,与这个跪着的人针锋相对。

"你们的赔偿还没付清——看,这里还有一根毛没被盖住。在每一根毛被金子或宝石盖上之前,你们不能离开。"

"老头,你别嚷嚷了,"洛基没好气地说,"侏儒所有的宝贝都在这儿了。"

"你们不能离开这里,直到每一根毫毛都被盖上。"赫瑞德玛还是那句话。

"再也没有更多金子或者宝石了。"洛基答道

"那你们就别想离开。"赫瑞德玛吼道,一跃而起。

情况确实如此。奥丁和洛基不能离开这里,直到他们付清承诺的补偿。那这两位阿萨神明还能上哪儿去找金子?

这时,奥丁瞅见了洛基手指上金环的闪光,就是那枚从恩德瓦尔处抢来的戒指。"那枚戒指,"奥丁说道,"把你的戒指放到水獭皮的那根毛上。"

洛基把刻有鲁纳文加持的戒指摘下,放到了水獭皮的唇毛上。这下赫瑞德玛拊掌尖叫。身材魁梧的法夫纳和瘦削又面露饥色的雷金走了进来,古尔薇格尾随其后。他们围着那既是老父的儿子,也是他们兄弟的毛皮站着,毛皮周身都被金子或宝石覆盖,发出夺目的光辉。但是比起盯着这堆闪光宝贝,他们更多的是面面相觑,法夫纳和雷金把目光投向父亲,又转向彼此,面如死灰。

彩虹桥比尔鲁斯特之上,走过所有出席了老埃吉尔宴会的阿萨和华纳诸神,他们中有弗雷、弗蕾娅、弗丽嘉、伊敦恩及西芙;手里拿着剑的提尔和坐在山羊战车上的托尔。洛基跟在他们后面。众神之父奥丁在所有人后面。他低垂着头慢慢走着,因为他知道身后尾随着一个不受欢迎的人——古尔薇格,那个一度被逐出阿斯加尔德的人,如今对于她的归来,诸神已无法说不。

第三部分

女巫之心

阿斯加尔德的噩兆

之后发生的事情对阿斯加尔德诸神来说是种耻辱，凡人对此更是避而不谈。女巫古尔薇格走进阿斯加尔德，因为海姆达尔无法阻止她入内。她登堂入室，坐在阿萨和华纳诸神之间。她在阿斯加尔德穿行，脸上堆满笑容。凡她微笑着走过的地方，都立刻被不祥的阴云笼罩。

诸神中对那恶意和不祥感受最强烈的，要数诗神布拉吉和他的妻子——美丽单纯的伊敦恩，她采摘的苹果可以让阿斯加尔德诸神免受衰老的困扰。布拉吉不再讲他那永无止境的故事。后来有一天，被恐惧和弥漫在阿斯加尔德的不祥气息压倒，伊敦恩从世界之树伊格德拉西尔上失足摔下。这下，再也没有人能采摘让阿萨和华纳诸神永葆青春的苹果。

所有阿斯加尔德神明都陷入了极度的恐慌，他们的力量渐弱，美貌渐失。托尔发现自己连举起米奥尔尼尔都变得困难，那是他巨大的雷锤。弗蕾娅项链下的肌肤也失去了白皙的光彩。古尔薇格招来众神的愤恨，尽管如此，她还是面带笑容地在阿斯加尔德游荡。

弗雷和奥丁前去寻找伊敦恩的下落。如果此时弗雷仍有神剑在手，那伊敦恩本该已被找到，带回阿斯加尔德，不会耽搁。可是他已经用那把神剑换取吉尔达了。因为伊敦恩正隐于湖中，弗雷在找寻途中，不得不与湖之卫士交手，那个人名叫贝里。弗雷最终用雄鹿鹿角制成的武器将他打败。此时的弗雷还没意识到失去神剑损失之大，直到日后他才哀叹不已，那是穆斯帕尔的铁骑横扫阿斯加尔德之时，华纳神族本该获胜却与成功失之交臂，因为失去了他神剑的助力。

弗雷和奥丁找到了伊敦恩，并把她带了回来。但是恶意和不祥之兆仍然在阿斯加尔德上空萦绕。诸神也都心知肚明，因为女巫古尔薇格正改变着他们的观念。

最后奥丁不得不对古尔薇格加以审判，判她死罪。而只有奥丁的冈尼尔长矛才能杀死古尔薇格，因为她不属于凡人。

奥丁把长矛掷向古尔薇格。长矛从她身上穿过，但是她依旧站在那里冲诸神微笑。奥丁再一次向她投去长矛，长矛又一次刺穿了古尔薇格，她仍然站立着，尽管面如死灰，但还是没有倒下。奥丁第三次向她掷去了长矛，女巫发出一声尖叫，诸神闻之胆战，古尔薇格倒地身亡。

"我在这禁止屠戮的殿堂里开了杀戒，"奥丁说道，"现在把古尔薇格的尸体搬走，在城墙上烧掉，这样这个困扰我们的女巫，就不会在阿斯加尔德留下任何痕迹。"

众神把女巫古尔薇格的尸体运到城墙之上，点燃柴堆，将尸体放在上面，呼唤赫拉斯威尔格把火焰煽旺：

巨人赫拉斯威尔格，

坐在天堂边缘，

化作一头雄鹰；

据说，从他展开的羽翼，

风呼啸而下，拂向大地。

当这一切发生的时候，洛基还在远方。现在的他时不时会离开阿斯加尔德踏上旅途，去察看从侏儒恩德瓦尔手里弄来的惊艳珍宝。正是古尔薇格让那些珍宝的形象在他脑中挥之不去。现在当他回到阿斯加尔德，从流言中听说发生了什么，不禁怒火中烧。古尔薇格的出现和她散播的流言改变了诸神的想法，洛基就是其中的一员。他变得憎恨诸神。现在，他来到古尔薇格被焚尸的地方，发现她的尸体已化为灰烬，只有心脏还未被大火毁灭。火冒三丈的洛基拿起女巫的心脏吃了下去。哦，就在洛基吞食大火未毁的心脏那天，阿斯加尔德被黑暗可怖的阴霾笼罩。

变节者洛基

洛基偷了弗丽嘉的鹰之羽衣。摇身变成一只猎鹰飞离了阿斯加尔德，朝尤腾海姆飞去。

带着鹰一般的凶猛戾气，洛基飞越巨人国的领地，这片荒凉大地上的高山和低谷起伏嶙峋，让他的心绪如烈火般昂扬雀跃。漩流和那浓烟喷涌的群山也使他感到赏心悦目。他展翅翱翔，越飞越高，直到望见南方，那是穆斯帕尔海姆火焰之地。洛基继续振翅高飞，透过鹰的眼睛，他看到了苏尔特火焰之剑闪烁的光辉。有朝一日，穆斯帕尔海姆所有的烈焰和尤腾海姆所有的阴云，将被用来对抗阿斯加尔德和米德加尔德。那时美丽的阿斯加尔德会化为灰烬，米德加尔德也无未来可言，但洛基想到这些时，不再感到沮丧绝望。

洛基在尤腾海姆一处住宅的上空盘旋。他为什么要来到这里？因为他之前见过这所房子里的两个女人。洛基对阿萨女神和华纳神族恨之入骨，所以这两个女人的丑陋和邪恶，反倒很合他的心意。

他在巨人敞开的房门前盘旋，看着屋子里面的人。巨人中最野蛮残忍的基罗德正在这里，蹲在基罗德身旁的是他那两个恶毒又丑陋的女儿，嘉普和格里泼尔。

嘉普和格里泼尔身材高大笨重，皮肤黝黑粗糙，她们的牙齿像马齿，她们的头发像马鬃。如果一定要在她俩之间比个美丑，那嘉普比格里泼尔还要丑一点，因为前者的鼻子有一码长，还有一双歪斜的眼睛。

他们三人坐在一起在说些什么，其中一人还撕扯着另一人？原来，他们谈论的是其所厌恶的阿斯加尔德以及阿斯加尔德诸神。在这之中，他们最恨的要数托尔，他们谈论着可以对托尔实施的所有报复。

"我要用铁链把托尔五花大绑，"巨人基罗德说，"再用铁棍把他打个稀巴烂。"

"我要把他的骨头磨成粉末。"格里泼尔说。

"我要把他的肉从骨头上剔下来，"嘉普说，"爸爸，难道你不能帮我们抓到托尔吗？把他活捉带到我们跟前。"

"只要托尔身边有米奥尔尼尔之锤，有那双用来握锤的手套，还有那条使他力气加倍的腰带，这件事就办不成。"

听到基罗德这样说，嘉普和格里泼尔哭道："哦，要是他没有了锤子、腰带和手套，我们把他抓住该多好。"

这时，他们看到了在门口盘旋着的猎鹰。三个人此刻都不爽难耐，急于逮住什么东西，好折磨取乐一番，于是一门心思想把这只鸟抓住。他们没有从坐着的地方挪开，而是呼唤一个名叫格莱普的小孩，这个孩子正在屋脊大梁上荡来荡去，三个巨人吩咐他出去把鹰抓来。

全身隐藏在巨大的叶片中，格莱普沿着门四周的常春藤攀爬，靠近那只鹰盘旋之处。他抓住了鹰的翅膀，顺着常春藤滑下，鹰用翅膀拍打他，用爪子挠他，用嘴巴啄他，格莱普尖叫着，不停同鹰扑打。

基罗德、嘉普和格里泼尔飞快地跑出来,把鹰捉了起来。当基罗德把鹰抓在手里,仔细端详打量,他看出这只鹰非同寻常。它有着属于阿尔弗海姆或阿斯加尔德住民神采的双眼。巨人抓住这鹰,把它关进一个箱子,等鹰开口说话。

过了一会儿,洛基敲了敲紧闭的箱子,当基罗德打开箱子,洛基开口同他交谈。有阿斯加尔德之神在手,这个野蛮的巨人感到高兴异常。他和女儿们为此连日哄笑窃喜,无所事事,整日把洛基关在箱子里,饿他肚子,耗他精力。

当他们再次打开箱子,洛基又同他们说话。他说如果能放他出去,愿意做任何加害阿斯加尔德诸神的事情,以讨他们欢心。

"你能把托尔带到我们这儿来吗?"格里泼尔问道。

"你能让托尔不带锤子,不带那握锤的手套,不带腰带,手无寸铁地来我们这里吗?"嘉普说道。

"如果你们放我走,我会把他带过来的,"洛基说,"托尔很好骗,我可以让他手无寸铁地来到你们面前。"

"洛基,我们会放你走,"基罗德说,"如果你能对着尤腾海姆的阴云发誓,发誓像你说的那样把托尔带到我们这儿来。"

洛基对着尤腾海姆的阴云立了誓。"啊,当然,我也冲穆斯帕尔海姆的火焰发誓。"他补充道。巨人父女把洛基放走了,他飞回了阿斯加尔德。

洛基把鹰之羽衣还给了弗丽嘉。众神都谴责他的偷盗行为,然而,当洛基说自己被基罗德关在家里忍饥挨饿,审判他的诸神认为他已经为自己的罪过受到了足够的惩罚教训。洛基像往常一样与诸神交谈。但其实,自从他吞吃了古尔薇格之心,就产生了对诸神的怒气和怨恨,只不过一直压抑在心。

他跟托尔提起他俩过去在尤腾海姆冒险的经历,当洛基说到托尔打扮成索列姆的新娘那件事时,托尔早已释怀,哈哈大笑。

洛基成功地劝服了托尔,让他再和自己去尤腾海姆一趟。"我想对你说说我在基罗德住处的见闻,"他对托尔说道,"我在那儿还看到你妻子西芙的金发。"

"我妻子西芙的金发?"托尔疑惑地问。

"是的,就是我曾经从西芙头上剪下来的,"洛基说道,"我把头发扔掉之后,它被基罗德捡到。他们用西芙的头发照亮大厅,哦,是的,只要有西芙的头发在那儿,根本用不着火把呢。"

"我想去看看。"托尔说道。

"那就去拜访基罗德一趟,"洛基随声应和,"但是如果你要进去他的家门,就不能带上你的米奥尔尼尔之锤、手套和腰带。"

"那我该把我的米奥尔尼尔之锤、手套和腰带放在哪里呢?"托尔问道。

"把它们放在奥丁的宫殿瓦拉斯吉雅弗,"狡猾的洛基说道,"把你的东西放在那里,然后再去基罗德的住处看看,你在那儿一定会受到很好的招待。"

托尔把锤子、手套和腰带放到了瓦拉斯吉雅弗,然后和洛基出发去尤腾海姆。当他们的旅程将近尾声,遇到了一条宽阔的河流,在河岸边他们碰到了一个年轻的巨人,几个人开始一起蹚水过河。

这时,水位突然暴涨。要不是托尔抓住了洛基和年轻的巨人,他们早被水流冲走。水位越涨越高,水势也越来越凶猛。托尔只得用双脚牢牢地撑在河底，不然自己和另外两人都会被洪水裹挟湮没。他抓着洛基和年轻的巨人，艰难地在水中跋涉。岸边长了一棵花楸树，当洛基和年轻的巨人拽着他时，他用手拽住了花楸树。虽然水位升得越发高了，但是托尔还是奋力把洛基和年轻的巨人拖到了岸边，然后自己才爬上岸来。

当他抬头望向河边，托尔看到了一幕，不禁怒火中烧。一名女巨人正往河里注入洪水，这就是河水不停上涨咆哮的原因。托尔从岸边搬了块石头朝女巨人砸去。她被砸中跌入洪流，挣扎着浮出水面，一路叫喊着被水流冲走。这名女巨人就是嘉普，基罗德又丑又坏的女儿。

得到托尔帮助的年轻巨人表示无以为报，想邀请两位神明去看看他的母亲格莉德，她就住在山坡上的一个山洞里。洛基不愿意去，听到托尔打算去时还很生气。但是托尔看到巨人青年十分善良友好，特别愿意去格莉德那里拜访。

"那你就去吧，可是你要尽快赶去那边基罗德的住处，我在那儿等你。"洛基说道。他看着托尔爬上山坡去了格莉德的山洞。他在那儿一直蹲守，直到看到托尔下山回来，往基罗德的住处走去。他看着托尔进了屋子，心想那里就是他的葬身之地。想到自己的所作所为，发狂的洛基耷拉着脑袋，像一只在地上乱扑腾的鸟一般跑了起来。

话说巨人老妇格莉德，正坐在岩洞的地上用两块石头磨谷物。"这是谁？"当儿子把托尔领进来时她问道。

"你是阿萨神族的一员！这次打算来伤害哪个巨人呢，阿萨的托尔？"

"我不是来伤害什么巨人的，老格莉德，"托尔解释说，"看看我，难道你没看到我没带神锤米奥尔尼尔，没有束腰带，也没有戴铁手套吗？"

"你要去尤腾海姆什么地方？"

"老格莉德，我要去一位友善的巨人家，去基罗德家。"

"阿萨的托尔，你一定是疯了，竟然会说基罗德友善！哦，不过他好像是疯了，我的儿子，如果他真如你所说，把你从洪水中救出来的话。"

"老母亲，你跟他说说基罗德吧。"年轻的巨人说。

"别去他的住处，阿萨的托尔，别去他的住处。"

"我已经答应要去，难道就因为一个坐在磨石上的老女人跟我说那是自投罗网，就躲着不去吗？这是懦夫的行为。"

"那我给你一些能帮到你的东西吧，阿萨的托尔。你运气不错，我有一些神奇的玩意儿，握住这根手杖，它会像米奥尔尼尔一样支持你的。"

"老人家，既然你如此好意，我就拿上这把手杖，这把虫蛀了的手杖。"

"随身带上这一双连指手套，它会像你的铁手套一样为你效力的。"

"老人家，既然你有如此好意，我就随身带上它们，这双磨破的旧连指手套。"

"再带上这根绳子，它会像你那有神力的腰带一样协助你的。"

"老人家，既然你的善意难违，那我就带上这根破破烂烂的绳子。"

"阿萨的托尔，我拥有的这些神奇的玩意儿确是你需要的。"

托尔把那根破破烂烂的绳子缠在了腰上。这下他知道老巨人格莉德此言非虚,因为他立刻就感到力气大增,仿佛束上了神腰带一样。接着,他戴上连指手套,握住了老巨人给的那把手杖。

托尔就这样离开了老巨人格莉德的山洞,去了基罗德的住处。洛基并不在那儿。那时,托尔开始明白过来,也许老格莉德所说不假,有一个陷阱正在等待着他。

大厅里面空无一人,他出了大厅走进一间石砌的巨大房间,发现那里也不见有人。在石室的中间有一个石座,托尔走过去坐在了上面。

托尔一坐上去,座位就飞了起来。要是他没有用手杖撑住,早已撞上天花板被挤得粉身碎骨。手杖的威力如此之大,腰间绳子赋予的力量如此之强,椅子被猛地推落下去,撞上石头地板,碎裂一地。

下面传来了可怕的尖叫声,托尔把座位举了起来,看到两具面容丑陋的破碎尸体。那是巨人的两个女儿嘉普和格里泼尔,她们本来躲在椅子下面,准备看着托尔送死。但是石椅并未如她们所愿把托尔挤死在顶上,而是把她们砸死在地上。

托尔咬着牙大步离开石室。大厅里燃起了熊熊火焰,托尔看到基罗德,那个长臂的巨人立在火边。

他拿着一把钳子伸进火里。当托尔朝他走去,他举起钳子,从火里抛出了一个燃烧着的铁楔。它直直地朝托尔的前额砸去,托尔抬起手,靠老格莉德给他的连指手套,抓住了燃烧着的铁块,迅速把它抛向基罗德。铁块击中了基罗德的前额,把他全身点燃。

基罗德在火中跌倒,燃烧的铁块让他被火焰包围。当托尔回到格莉德的岩洞归还绳子、连指手套、手杖给那年老的女巨人时,看到基罗德的住处湮没于一片火海之中,火势之大,好似火焰之国穆斯帕尔海姆的所有烈焰,都在其间翻腾。

洛基对抗阿萨神族[1]

阿萨诸神受邀到华纳神族府上做客：在弗雷的宫殿，阿斯加尔德诸神齐聚一堂，其乐融融，宴饮欢畅。奥丁和提尔出席，维达和瓦利、尼奥尔德、弗雷、海姆达尔和布拉吉也在座。阿萨和华纳中的众女神也纷纷到场，她们是弗丽嘉、弗蕾娅、伊敦恩、吉尔达、斯卡娣、西芙和南娜。洛基和托尔并不在场，因为他俩一起离开阿斯加尔德出门在外。

弗雷宫殿里的器皿，都由闪耀的金子做成，它们照亮了餐桌，还会根据用餐者的需要自行移动。宴会在一片祥和融洽的氛围中进行，直到洛基走进大厅。

弗雷笑容满面地欢迎洛基到来，指了张凳子请他入座，这个位子挨着弗雷，在布拉吉边上。洛基不肯落座，反倒大声嚷嚷："我不愿意坐在布拉吉旁边，布拉吉在阿斯加尔德众神中最胆小怕事。"

遭到如此冒犯，布拉吉气得一下子站了起来，但是他的妻子，

---

[1] 本节的故事出处为《埃达》第八首《洛基的吵骂》。——编者注

温和的伊敦恩，平息了他的怒气。弗蕾娅转向洛基，指责他在宴会上出口伤人。

"弗蕾娅，"洛基回击，"为什么奥德还在时，你不这么贤惠？如果你能对丈夫尽好为妻之道，而不因眼红女巨人的项链对他失信，现在的一切不是很好？"

洛基脸上和话中透出的怨恨让举座震惊。提尔和尼奥尔德从座位上起身。接着响起了奥丁的声音，众神都静静地听这位众神之父发言。

"哦，洛基，你就坐在我那沉默的儿子维达旁边吧，"奥丁说，"让你那四处招惹是非的舌头，消停一会儿。"

"哦，奥丁，阿萨和华纳众神都唯你的话是从，好像你一直是那么明智公义，"洛基讥讽道，"然而我们难道应该忘记你曾在世间挑起战争，把长矛投向华纳的使者？难道不是你怂恿我耍弄诡计，对付为修建阿斯加尔德城墙而索要报酬的巨人？哦，奥丁，你倒是说话呀，阿萨和华纳诸神都听着呢！在必须交纳赎金的时候，首先想到用金子而不是用智慧去赔偿的人难道不是你？把那侏儒宝物旁边的女巫古尔薇格带出山洞，带进阿斯加尔德的人难道不是你？哦，奥丁，你才不总是明事理、讲正义，我们在座各位没必要事事都听你的，好像你总是对的。"

接着尼奥尔德的妻子斯卡娣冲着洛基吼了起来，带着她巨人出身的暴戾凶狠："为什么我们不起来，把这喋喋不休的乌鸦嘴扫地出门。"

"斯卡娣，"洛基说道，"你可记得，你父亲被杀的血债还没得到偿还。你却满心欢喜地为抢一个丈夫就把它放弃。你还记得是谁杀死了你的巨人父亲。那就是我，洛基。我至今没付出任何代价[1]，尽管你已经来到阿斯加尔德，和我们生活在一起。"

接下来，洛基又把视线投向宴会的主人弗雷，大家知道他接下来就要口不择言地攻击弗雷。但是这时，勇敢的剑士提尔起身说道："哦，洛基，你别中伤弗雷。弗雷为人慷慨大度；在我们当中，他做到了宽待战败者，释放战俘。"

"提尔，你还是闭嘴吧，"洛基说道，"你也许不再有手能握你的剑了[2]。那时记得我说过的这句话吧。"

"弗雷，"洛基接着说，"你备了宴席，他们便以为我不会揭穿你的真面目。但我才不会被一桌宴席收买。把斯基尼尔派去吉米尔的住处，愚弄他轻浮女儿的人，难道不是你吗？是谁贿赂斯基尼尔，让他威逼吉米尔的女儿，嫁给你这个人们口中杀死她兄弟的仇人？没错就是你，弗雷，为了一桩交易贱卖了自己的剑——本该留到那场战斗的神剑。等你在湖边与贝里交手时，将会追悔莫及。"

洛基说完这一通话，在场的华纳诸神全都站了起来，他们铁青着脸瞪着他看。

"你们华纳众神，坐着别动，"洛基继续批判，"如果阿萨诸神想要抵住尤腾海姆和穆斯帕尔海姆对阿斯加尔德的攻击，那在维格里德平原上冲锋或断后就是你们的责任。但是你们早已输掉了守卫阿斯加尔德的战争，因为本应在弗雷手里的武器，已经被他

---

[1] 原文为 ransom，意为赎金，古代北欧人主张血债血还，但后来也可用赎金偿付。——编者注
[2] 提尔日后为了替众神作担保，把手伸进了恶狼芬里尔嘴里，结果失去了一只手。——编者注

拿去交换了女巨人吉尔达。哈,拜弗雷的执迷不悟所赐,苏尔特会打败你们。"

众神震惊地看着这个人,他居然满怀怨恨到预言苏尔特将会获胜。要不是奥丁发话,在座诸神肯定都已对洛基下手。这时,另一个人出现在了宴会大厅门口,他就是托尔,肩上扛着锤子,手上戴着铁手套,腰间系着魔力腰带。他站在那里,死死盯住洛基,双眼喷出怒火。

"哈,洛基,你这个叛徒,"托尔大声叫道,"你盘算着让我死在基罗德家里,但是现在你将在我的锤下受死。"

说罢,他举起双手准备用力掷出锤子。但是这时,奥丁的话传入了他的耳中,"托尔,我的儿子,不许你在这个大厅里大开杀戒。安安分分地握紧锤子,不要松手"。

被托尔眼中的怒气吓得退缩了,洛基溜出了宴会大厅。他越过阿斯加尔德城墙,穿过比尔鲁斯特彩虹桥。他诅咒比尔鲁斯特,巴望着穆斯帕尔海姆大军,在冲击阿斯加尔德时,能把它摧毁。

在米德加尔德东边有个地方,比尤腾海姆的任何地域都充满邪恶,那就是铁森林迦瑞沃德。那里盘踞着的女巫们,是巫婆中最为淫秽邪恶者。她们由一位女巫头头统治,这个丑陋的老太婆,是许多儿子的母亲,她的这些儿子都有一副恶狼身姿。其中两个儿子便是斯考尔和哈蒂,他们一直追赶着太阳苏尔和月亮玛尼。她的第三个儿子,名叫玛纳加尔姆,这头恶狼以人类的气血为食,他一直想吞掉月亮,用鲜血玷污天堂和大地。洛基取道前往铁森林,同那里一个叫安吉布达的女巫结婚,他们的孩子长相令人生畏。在诸神的黄昏降临时,洛基的这些后代将成为进攻阿萨和华纳诸神最凶恶的敌人。

女武神瓦尔基里

穆斯帕尔海姆的骑兵、巨人,以及地府的邪恶势力,有朝一日会与阿斯加尔德诸神兵戎相见。为了应战,众神之父奥丁为阿斯加尔德储备了一支防卫大军。他们既不是由阿萨诸神组成,也不是由华纳诸神组成。他们是一群普通人,是从米德加尔德沙场的战死者中,挑选出来的英雄。

为了选出英雄,也为给那些渴望胜利者赐予荣光,奥丁派女武神们去了战场。这些女武神美丽而又无畏;她们也非常聪慧,因为奥丁向她们展示了鲁纳文的智慧。战死疆场者的挑选人——瓦尔基里,她们被如此称谓。

在阿斯加尔德,这些从战场中挑选出来的人,又被称为恩赫里亚。奥丁为他们准备了一所伟大的宫殿。这座战死勇士的宫殿就叫作瓦尔哈拉[1]。瓦尔哈拉有五百四十扇门,每扇门可一次通过勇士八百人。每天,勇士们都穿戴好盔甲,从墙上取下武器,走到宫殿门外切磋操练。在比试中所有受伤之人都会再次痊愈复原,在融洽

---

[1] 即英灵殿。——编者注

惬意之中，坐下享用奥丁为他们准备的宴席大餐。奥丁也坐在他的勇士们中间，他只饮酒而不吃肉。

勇士们所吃的肉，是野猪沙赫利姆尼尔身上的，这头野猪每天都被屠宰下锅，可是第二天早上又变回膘肥体壮。勇士们所喝的美酒，是由山羊海德伦的奶制成，山羊靠吃神树徕拉德上的树叶为生。智慧又无畏的女武神瓦尔基里们，穿行在他们中间，用醉人的蜂蜜酒，灌满牛角酒杯。

女武神中最年轻的叫布隆希尔德。虽然她年纪最小，可是众神之父奥丁向她传授的鲁纳文智慧，却比她的姐妹们都多。当布隆希尔德下凡到米德加尔德时，奥丁给了她一副天鹅羽衣，就像他之前已经给瓦尔基里三姐妹——亚尔薇特、乌尔隆恩、荷拉德古娜的一样。

披上闪耀的天鹅羽衣，年轻的女武神从阿斯加尔德飞下。之前，她还从未去过战场。在等待众神之父奥丁传达旨意时，粼粼波光吸引了她的注意，她发现了一座湖泊，岸边有金色的沙粒，她变回一名少女入湖里沐浴。

这时湖边住着一位年轻的英雄，他的名字叫阿格纳。一天，阿格纳正躺在湖边，看到一只羽毛闪亮的天鹅飞落湖中。当天鹅在芦苇丛中时，她的羽衣从身上滑落，阿格纳看到天鹅变成了一名少女。

看到少女色泽闪耀的头发、矫健敏捷的身手，阿格纳便知她是奥丁女武神中的一员，她们以带来胜利及选择勇士为己任。阿格纳无比大胆，他挖空心思想要抓住这位女神，尽管这样做会为自己招来奥丁的怒火烧身。

阿格纳把少女落在芦苇中的天鹅羽衣藏了起来。这样她从水中起身时便无法飞走。之后阿格纳把天鹅羽衣还给了她，为此她只得承诺成为他的女武神。

当他们相互交谈，年轻的瓦尔基里从阿格纳身上看到了一种英雄气概，这足以让他得到阿斯加尔德神明的眷顾。阿格纳的确勇武又崇高。布隆希尔德作为他的女武神与他同行，她以自己所知来自鲁纳文字的智慧对阿格纳讲了很多事情，还告诉他奥丁最后的希望，就寄托在凡间英雄们的英勇无畏之上；与那些战死沙场者中精选出的勇士一起，奥丁能打响保卫阿斯加尔德的战役。

布隆希尔德总是和阿格纳的大部队一道奔赴战场；在战场上空她盘旋翱翔。她闪亮的头发、夺目的战袍，让战士们的长矛、利剑和盾甲都黯然无光。

但是灰白胡须的国王海姆古纳，对年轻的阿格纳开战。奥丁偏爱灰白胡子国王，并承诺胜利属于他这一方。布隆希尔德了解众神之父的意愿，可她还是将胜利赐予了阿格纳，而不是灰白胡子国王。

在违抗奥丁的那一刻，布隆希尔德的厄运便已注定。她再也无法回到阿斯加尔德了。她现在只是一名凡间女子，命运女神诺恩开始纺织她必有一死的命运之线。

奥丁想到自己的女武神中最聪慧的那个，再也不会在阿斯加尔德出现，再也不会穿梭于瓦尔哈拉勇士们宴席的长凳之间，不禁悲从中来。他骑着爱马斯莱泼尼尔，赶到了布隆希尔德所在的地方。当奥丁来到她的面前，低着头的不是布隆希尔德，反倒是奥丁本人。

因为布隆希尔德现在知道，为给阿斯加尔德的最后一战积聚力量，人世间正在付出沉痛的代价。米德加尔德最勇猛最高贵的人不断被带走，成为奥丁麾下的一员。布隆希尔德的心中充满愤怒，抗拒阿斯加尔德的种种规矩，她不再在乎自己是否还是众神中的一员。

奥丁看着他无畏的女武神说道："在你有限的人生中，还有什么事希望我为你做吗，布隆希尔德？"

"不用拯救我的命运，"布隆希尔德回答，"我希望在我有生之年，只有那个不知恐惧为何物的人，世间最具胆识的英雄，才能要我做他的妻子。"

陷入沉思的众神之父低下了头。"我将如你所愿，"他说，"只有不知恐惧为何物的他，才能到你身边来。"

于是在一座名为希恩达尔的高山顶端，奥丁命人建了一座朝南的宫殿。它是由十矮人用黑色的石块砌成。当宫殿落成，奥丁在它四周布下了升腾盘旋的火焰之墙。

众神之父奥丁又做了这些：他从睡眠之树上折下一根棘刺，扎进了布隆希尔德的身体。接着让她戴着她的头盔，穿着瓦尔基里的胸甲，奥丁用双臂抱起她，穿过熊熊烈火组成的高墙。奥丁把她放在宫殿里的躺椅上。她会一直安睡在此，直到那个无所畏惧的英雄穿过烈火，将她作为一个凡间女子唤醒。

奥丁向布隆希尔德作别，骑上斯莱泼尼尔，回到了阿斯加尔德。他也许无法预见她作为凡间女子的命运如何。但是他在侏儒所建宫殿四周布下的熊熊烈火，仍不断升腾翻滚。经年累月，火焰像藩篱那样围绕着布隆希尔德，这位昔日的女武神，她沉睡在其间。

洛基的儿女

洛基和女巫安吉布达的子女，不像凡人所生的孩子：他们像水、如风、似火般面目模糊，没有定数，但是个个后来现出的原形，都最符合他们贪婪的本性。

如今阿斯加尔德诸神认识到这些邪恶势力已经降生世间，觉得最好让洛基的子女现形，到阿斯加尔德来见见他们。所以诸神派人去了铁森林迦瑞沃德，传令洛基把他和女巫安吉布达孕育的邪恶力量带上，领到诸神的面前。因此，洛基再一次来到阿斯加尔德。他的儿女在诸神面前现身。第一个，以破坏为乐，化作一头可怕的恶狼，他以芬里尔为名。第二个，性喜摧残，化身为一条大蛇，名叫约尔姆加德。第三个，期望万物凋零，也显露了真容，诸神看到她后都感到战栗。因为她虽有女人的外形，可一半身体是活人，另一半却是死尸。随着她原形毕露，海拉的名字从她口中说出，恐怖的气氛弥漫在阿斯加尔德上空。

海拉被推入远离众神视野之境。奥丁抓着她，打入地底的深渊。奥丁把她丢进了尼弗尔海姆，在那里她的势力遍及九界，其中最低的一界由她君临。她的宫殿叫埃尔维迪尔，四周高墙矗立，大门紧闭，门槛外便是悬崖峭壁。室内用饥饿作餐桌，用欲望作床铺，灼烧般的痛苦组成屋内的帐幔。

托尔抓住约尔姆加德，把这条大蛇扔进了围绕世界的海洋之中。但在大海深处约尔姆加德日渐茁壮。它不停地长大，直到环绕了整个世界。人们知道它就是约尔姆加德巨蟒。

对于恶狼芬里尔，阿萨诸神谁也无法将他制服。他在阿斯加尔德四处游荡，令人胆战心惊，众神唯一能做的，只是向他保证会填饱他的肚子，才得以把他带到外面的庭院。

阿萨诸神都不敢给芬里尔喂食，只有勇敢的剑士提尔除外，他愿意把食物送到芬里尔的巢穴中去。每天，提尔都会给芬里尔带去巨量的食物，用剑尖挑着喂他。巨狼越长越大，变成了庞然怪物，成了阿斯加尔德诸神心中挥之不去的恐怖。

最后诸神在议事会上讨论，决定必须把芬里尔捆绑起来。他们准备好了捆他的锁链，名叫雷锭。它是诸神在自己的打铁铺中打造的，比托尔的锤子还要沉重。

诸神无法靠武力让芬里尔戴上锁链，所以他们派出弗雷的仆人斯基尼尔，诱骗巨狼自投罗网。斯基尼尔来到芬里尔的巢穴，站在他的身旁，在狼巨大身躯的映衬之下，斯基尼尔显得异常渺小。

"大块头啊，你的力气能有多大？"斯基尼尔问道，"你能挣断这链子吗？诸神想要试试你的力量。"

芬里尔俯视斯基尼尔拖着的链子，眼里露出轻蔑的神情。他不屑地站着不动，让斯基尼尔把雷锭套在他的身上。然后，他只用了最小的力气，舒展身体让链子断成了两截。

诸神感到十分沮丧。但是，他们用了更多的铁，用更大的火，花更大的力气去捶制了另一条锁链。它的名字叫德洛米,比雷锭结实一倍。斯基尼尔冒险把德洛米带去了狼的巢穴,芬里尔又再次不屑地让斯基尼尔把链子套在了他的身上。

芬里尔抖了抖身体,链子却越束越紧。他眼中喷出怒火,咆哮着伸展四肢。德洛米拦腰断裂,芬里尔站在那里,凶狠地盯着斯基尼尔看。

诸神看到自己锻造的链子,没有能捆绑得住芬里尔的,于是变得越来越怕他。他们再次召开议事会,想起侏儒曾为他们打造的神奇作品,它们是冈尼尔长矛、斯基布拉尼尔云船以及米奥尔尼尔神锤。诸神在想侏儒是否能为他们打造一条能捆得住芬里尔的锁链,如果侏儒能办得成,诸神愿意扩大他们的领地。

斯基尼尔带着阿斯加尔德的口信下到斯华特海姆。侏儒首领听说能拴住芬里尔的锁链得请他们打造,沾沾自喜,颇为自豪。

"我们侏儒能够做出拴得住芬里尔的锁链,"他说道,"用六样材料来打造。"

"哪六样材料?"斯基尼尔问道。

"石头的根、鱼的呼吸、女人的胡子、猫爪肉垫传出的脚步声、熊的蹄筋和鸟的口水。"

"哦,我从未听过猫的脚步声,我也没见过石头的根和女人的胡须。不过就按你们的做法办吧,诸神的大救星。"

侏儒首领集齐了这六样东西,侏儒们在铁匠铺里打造这条锁链,日夜不停。他们将它完成,命名为格莱普尼尔。它柔软光滑,像一根丝带。斯基尼尔把它带去了阿斯加尔德,交到了诸神手里。

于是有一天,诸神说他们得再次想办法让芬里尔戴上锁链。但是如果这次顺利,就要把它绑在远离阿斯加尔德的地方。诸神经常去石南岛锻炼身手,于是他们提到要去那里。芬里尔嗥叫说要跟他们一起去。他到了石南岛,用自己可怕的方式活动筋骨,接下来似乎还想做更多运动。阿萨诸神中的一员,抖出了那根光滑的绳索,把它展示给芬里尔看。

"大块头,它比你所想的更为结实,"诸神说道,"难道你不想试试缠在身上,让我们看你把它挣断?"

芬里尔用凶恶的双眼,鄙视地看着众神说道:"挣断这么根细绳,对我扬名四海有什么好处?"

诸神向芬里尔说明,他们当中没人能弄断这根绳索,虽然它看上去细弱。"大块头啊,"他们对芬里尔说道,"只有你能把它挣断。"

"这绳索虽然细,但也许它有什么魔力。"芬里尔说。

"你挣不断它,芬里尔,我们以后再也不用怕你。"众神说道。

巨狼听后勃然大怒。因为他一直靠唤起诸神心中的恐惧为生。"我不愿意让这东西捆住,"他说,"不过,要是你们阿萨诸神中有人愿意把手放在我嘴里担保,保证会放了我,我就让你们把绳索系上。"

诸神焦虑地面面相觑。要是能把芬里尔捆住,他们就都安全了,可是谁愿意为此失去自己的手呢?阿萨诸神一个接一个地向后退却,只有剑士提尔除外。他走到芬里尔跟前,把自己的左手放进了他那巨大的双颚间。

"哦,提尔,不要左手,要你握剑的那只手。"芬里尔吼道。于是提尔把自己握剑的那只手伸进了芬里尔的血盆大口。

诸神把格莱普尼尔系在了芬里尔身上。狼用凶恶的双眼看着众神把他捆上。捆好之后，他像之前那样伸展四肢。他把身体伸展得无比庞大，但是绳索仍没有断裂掉下。在狂怒之下，他猛地合上了自己的嘴巴。提尔的手，一个剑士的手就这样被撕扯了下来。

但是芬里尔还是被捆住了。诸神在那绳索上系了一条粗壮的链子，又将链子穿过他们在巨石上凿出的洞。巨狼使出可怕的力气想要松绑，可是岩石、绳索和链子牢牢地锁着他。看到芬里尔已经被制服，为给失去右手的提尔报仇，诸神举起提尔的剑，用它贯穿狼的下颚直到剑柄处。巨狼的嘴中泄出令人胆战的吼叫之声。口水顺着他的双颚汩汩流下，汇聚成了一条河，它的名字叫瓦恩，这条狂怒的河流奔腾不息，直到"拉格纳洛克"——诸神的黄昏降临。

巴德尔的厄运

在阿斯加尔德有两处地方，对阿萨和华纳诸神来说代表着欢乐与力量：一处是供伊敦恩采摘苹果的果园；另一处是和平之邸，那里有一座叫布雷达布里克的宫殿，它是受人爱戴的巴德尔的住处。

在和平之邸，没发生过杀戮，没流过鲜血，甚至不曾有人言不由衷。当阿斯加尔德诸神想到这个地方，心满意足之情便会油然而生。啊！要是没有这处和平之邸，没有巴德尔的存在带来快乐，阿萨和华纳诸神想到以后那些将要降临到他们头上的灾难，也许心绪已经变得阴郁、凄苦不堪了。

巴德尔相貌英俊，他长得如此俊美，人间所有的纯白花朵都冠以他的名字。巴德尔总是愉快的，他是如此欢乐，人间所有的鸟儿都唱诵他的圣名。巴德尔如此地富有智慧和公义，经他定夺的裁决从不会被更改。他的居所，从未有污秽不洁之物靠近：

> 布雷达布里克，
> 美丽的巴德尔
> 在那里栖身，

> 据我所知
> 在那块土地上,
> 不快烦恼最少。

在巴德尔的居所,伤者得到修养。提尔手腕上被芬里尔利齿所咬的伤口已经痊愈。弗雷也不再那么焦虑,洛基之前指责他以剑换物,曾使他的脑海中充满了对不祥预感的恐惧。

芬里尔被绑在远离阿斯加尔德的小岛巨石上之后,阿萨和华纳诸神感受到了片刻的轻松。他们在巴德尔的住处度过白天,聆听那里的鸟儿歌唱。同样也是在那里,诗神布拉吉根据托尔在巨人中的冒险经历,编织起他永远未完的故事。

即便如此,不祥的预感还是降临到了巴德尔的住处。一天,弗蕾娅和她失踪丈夫之间的女儿小赫诺丝,被带来这里。小赫诺丝是如此悲伤,以至于外面没有人能给她带去安慰。巴德尔温柔的妻子南娜,把赫诺丝抱到膝盖上,想法子安慰。接着,赫诺丝向南娜描述了让她充满恐惧的那个梦境。

原来,她梦见了海拉,那个一半是活人,一半是死尸的地狱女神。在赫诺丝的梦里,海拉来到了阿斯加尔德,还说:"阿萨神族中的一员必须陪我一起,住到我在地下的国度中去。"这个梦让赫诺丝非常害怕,她陷入了深深的忧伤之中。

在赫诺丝向南娜讲述梦境之时,众神全都沉默不语。南娜忧虑地看着众神之父奥丁。奥丁则看着弗丽嘉,他看到恐惧笼罩了她的内心。

奥丁离开了和平之邸,去了他的瞭望塔希利德斯凯拉夫。他一直在那里等着，直到尤金和莫宁回来为止。每天，他的这两只乌鸦在各界穿梭，回来向他报告所有的见闻。现在两只乌鸦也许能告诉他发生的事情，他好猜测海拉是否真的已经把目标转向了阿斯加尔德，也想知道她到底有没有本事，能把诸神中的一位拽入她那阴森的居所中去。

两只乌鸦飞到奥丁身边，轻轻落在他的左右肩上，告诉他在世界之树伊格德拉西尔上下所传之事。这些事情出自松鼠拉达托斯克口中，而拉达托斯克又是从蛇群那里听来，后者与那一直噬咬伊格德拉西尔树根的巨龙尼德霍为伍。拉达托斯克对栖息在树顶的鹰说，在海拉的住处，床已铺展开，正对尊贵的来访者虚位以待。

听到这个消息，奥丁觉得哪怕让巨狼芬里尔在阿斯加尔德招摇过市，也比让海拉得手，从诸神当中带走一个填补空位要好。

奥丁跨上了他的八足骏马斯莱泼尼尔，下往死亡之神的住处。他在寂寞漆黑的旅途中行进了三天三夜。期间，黑尔海姆的一头猎犬挣脱了绳索，对着斯莱泼尼尔的足迹狂吠。恶犬加姆追逐了他们一天一夜，奥丁闻到了它巨颚间淋漓的血味。

最后奥丁来到了死者睡卧的冥界，他们被包裹在尸布中间。奥丁从斯莱泼尼尔上下来，想叫醒一个死人起来问话。他叫的是一个死去的女预言家，名字叫伐拉。在叫出她的名字时，奥丁用了可以唤醒长眠者的鲁纳文。

在身着寿衣躺倒的尸体中，响起呻吟之声。接着奥丁大声喊道："女预言家伐拉，快起来吧。"裹着寿衣的尸体中间又一阵骚动，一个死人突然昂起了脑袋和双肩。

"谁在叫女预言家伐拉？多少年来，大雨浸透了我的皮肉，风暴让我的骨头散架,斗转星移,时间之长,远非生者可以想象。活着的人当中,没有谁有权将我从死者相伴的长眠中叫醒。"

"是流浪汉威格坦姆在喊你。你知道在海拉的住处,备好的床铺及座椅是为谁准备?"

"床铺和座椅都是为奥丁的儿子巴德尔所准备。现在让我重新回到与死者为伍的睡梦中去吧。"

但是此时,奥丁预见的事,比伐拉预言的更远。"那么是谁!"他大声叫道,"是谁昂首站立,不会为巴德尔的死哀悼。告诉我,女预言家,伐拉!"

"哦,你是奥丁吧,你能看到很远,但却无法看得真切。我能看得真切,但却无法看到很远。现在让我继续和死人一起睡吧。"

"伐拉,女预言家!"奥丁再次叫道。

可是这个从死者堆中传出的声音说道:"在穆斯帕尔海姆的火焰在我头顶燃烧之前,你再也叫不醒我。"

这片死者的领地又归于沉寂。奥丁调转了斯莱泼尼尔的马头,在阴郁冷寂中骑行了四天,返回到了阿斯加尔德。

弗丽嘉对奥丁的忧惧感同身受。她看向巴德尔,发现海拉的影子横亘在了她和儿子中间。但是当她听到和平之邸鸟儿的歌声之后,她知道在各界没有谁愿意伤害巴德尔。

为了得到保证,弗丽嘉走访了可能会伤害到巴德尔的万物,它们都向弗丽嘉立下了誓言,表示不会伤害受人爱戴的巴德尔。火和水,铁及所有的金属,土、石和大树,飞鸟、走兽和爬行的生物,甚至毒药和疾病都无一例外做出了保证,它们都非常乐意地向弗丽嘉发誓,不会伤害巴德尔的。

当弗丽嘉回到阿斯加尔德，告诉诸神她所得到的保证，笼罩阿斯加尔德的忧郁气氛消散了。巴德尔不会受到伤害。海拉也许在自己漆黑的居所里为他留了一个位置，但火和水，铁及所有的金属，土、石和大树，飞鸟、走兽和爬行的生物，毒药和疾病，没有一个会帮助海拉得逞。"海拉无法伸手把你拖进冥界。"阿萨和华纳众神高兴地对巴德尔大声地说。

诸神又重新燃起了希望，他们玩游戏来为巴德尔庆祝。他们让巴德尔站在和平之邸，向他一一扔去那些发誓让巴德尔毫发无伤之物。无论是使劲向他砸去的战斧，还是投石器中抛出的石头，无论是燃烧着的木块，还是涌来的洪水，都没有伤害到受人爱戴的巴德尔。侏儒和一些友善的巨人也成群结队地参与这个游戏，看到这些投向巴德尔的东西从他身上落下，未对他造成任何伤害，阿萨和华纳诸神满怀欣喜。

仇恨者洛基混在人群中溜了进来，从远处观看。他看到各种物品和武器被投掷出去，但是巴德尔在金属、石块和巨大原木的打击下，还面带微笑、快乐地站着。洛基对这一幕感到很吃惊，但是他知道最好不要向认识自己的人打听这件事。

洛基摇身变成了一名年老的妇人，走到了正在同巴德尔游戏的人群中间。他向侏儒和友善的巨人询问缘由，可是无论问谁，所有的人都这么回答："去问弗丽嘉，去问弗丽嘉吧。"

于是洛基去了弗丽嘉的宫殿芬撒里尔。他对宫殿里的人说他是女巫格萝亚，是他取出了托尔脑袋里的磨石碎片，那是一个巨人朝他扔东西时扎进去的。弗丽嘉听说过格萝亚的事情，她称赞了老妇的所作所为。

假冒的格萝亚说:"我用知道的咒语从托尔的脑袋里取出了许多大磨石的碎块。托尔对我非常感激,他之前曾把我的丈夫带到了凡间的尽头,那时又把他带回了我的身边。当我看到失而复得的丈夫时,大喜过望,以至于忘记了其他的咒语。所以还留了些残余的碎片在托尔的脑袋里。"

洛基话中复述的是一个真实的故事。"我现在又记起了其他的魔咒,"他说,"能够把石块残存的碎片取出来了。哦,王后,我见到阿萨和华纳诸神在做一些奇奇怪怪的事,你能告诉我他们是想干什么吗?"

"我来告诉你吧,"弗丽嘉亲切而欢喜地看着这个假冒的老奶奶说道,"他们是在向我心爱的儿子巴德尔投掷各种笨重危险的东西。阿斯加尔德诸神都很高兴看到,金属、石块或巨大的原木都伤不到他。"

"那为什么这些东西伤不了他呢?"冒牌女巫继续问道。

"因为我从所有危险且能对巴德尔构成威胁的东西那儿得到了保证,它们发誓说不会伤害巴德尔。"弗丽嘉说道。

"从万物那儿吗,王后?普天之下没有一个未发誓说不会伤害巴德尔吗?"

"好吧,事实上,有一个没有发誓。但是它非常渺小,力量微弱,所以我从它边上走过,没有将它考虑在内。"

"女王,那它是什么呢?"

"没有根,也没有力量的槲寄生。它长在瓦尔哈拉的东边,我从它旁边路过时,没有要它宣誓。"

"你做的当然没错啦。一株槲寄生——连根都没有的槲寄生——能对巴德尔造成什么伤害？"

冒牌女巫边说着，边一瘸一拐地走了。

但是这个冒充者并未蹒跚多远。他改变步态，加快脚步赶到了瓦尔哈拉东边。那里有一棵巨大的橡树枝繁叶茂，它的一根树枝外面长着一小丛槲寄生。洛基折下了槲寄生上的一小枝，把它拿在手中，到阿萨和华纳诸神仍在进行着游戏为巴德尔庆祝的地方去了。

洛基走近时，众人都在哈哈大笑，因为巨人和侏儒、阿萨女神和华纳女神正纷纷朝巴德尔投掷东西。巨人扔得太远了，侏儒们又扔不到巴德尔身上，阿萨女神和华纳女神则把东西扔得到处都是。在一片欢欣雀跃的人群当中，如果有人站在那里郁郁寡欢，看起来会很奇怪。但确实有一人那样站着，他出自阿萨神族——他是巴德尔的盲眼兄弟霍德尔。

"你为什么不加入游戏呢？"洛基憋着嗓子问他。

"我没有能扔向巴德尔的东西。"霍德尔说。

"拿着这个，朝他扔吧，"洛基说，"这是槲寄生上的一小株嫩枝。"

"我看不见，不知怎么去扔。"霍德尔说。

"那我手把手地教你。"洛基说道。他把槲寄生上的小嫩枝塞进了霍德尔手中，把住霍德尔的手教他扔出。小嫩枝朝巴德尔飞了过去，打在巴德尔的胸膛，刺了进去。伴随着沉重的呻吟声，巴德尔倒了下去。

阿萨和华纳诸神、侏儒和友好的巨人都呆立原地，他们惊恐而又困惑。洛基趁机逃之夭夭。投出嫩枝的霍德尔也静静地站着，盲眼的他不知道自己扔出的东西夺去了巴德尔的生命。

153

和平之邸上哀号四起。那是阿萨和华纳众女神在哭泣。巴德尔死了，她们开始为他哀悼。当她们正为这位阿斯加尔德诸神爱戴的神明悲痛时，奥丁来到了她们之中。

奥丁和弗丽嘉俯身在他们心爱儿子的尸体上，奥丁对弗丽嘉说："海拉还是从我们这儿把巴德尔夺走了。"

"不，这不是真的。"弗丽嘉说。

当阿萨和华纳众神缓过神来时，巴德尔的母亲走到了众神中间。"你们当中有谁想赢得我的喜爱和美好祝愿？"她问道，"那就请他骑马下到海拉的黑暗国度，求地狱女神接受赎金还回巴德尔。也许海拉会收下赎金，让巴德尔回到我们身边。你们当中有谁愿意去吗？奥丁的坐骑已经备好，随时可以启程。"

机敏的赫尔默德走上前来，他是巴德尔的兄弟。他跨上了斯莱泼尼尔，骑着八足骏马朝海拉的黑暗国度赶去。

赫尔默德骑了九天九夜，他沿途要穿过崎岖险峻的峡谷，它们一条比一条幽深不见天日。赫尔默德来到一条名叫吉奥尔的河旁，来到跨河的桥上，桥身闪烁着金色的光泽。看守桥的是一位脸色苍白的少女，她开口同赫尔默德交谈起来。

"生命的活力还在你的身上，"虚弱的少女穆德古德说道，"你为什么要下到死亡国度来呢？"

"我叫赫尔默德，"他应声说道，"我要去见海拉，问她是否愿意我们用赎金换回巴德尔。"

"海拉的住所对一个只身前往的人来说阴森可怖，"虚弱的少女穆德古德说道，"宫殿四周都是陡峭的高墙，即使是你的骏马也无法跨越。宫殿的门槛处就是悬崖峭壁。她的床便是欲望，餐桌便是饥饿，卧室的帷幔是灼烧般的痛苦。"

"也许海拉会同意收下赎金交换巴德尔呢？"

"如果各界万事万物都为巴德尔哀悼的话，那海拉就不得不收下赎金，放巴德尔走。"守卫着闪闪发亮之桥的苍白少女穆德古德说道。

"让万物都为巴德尔哀悼，很容易办到。我要去找她，让她把赎金收下。"

"除非你能确定万物都会为巴德尔哀悼，不然你不能过桥。回到阳间确认一下。如果你真能重返这座金光闪闪的桥，告诉我万物都为巴德尔哀悼，我就会让你过桥。届时，海拉也不得不倾听你的请求。"

"我会再到这里来的，而你，虚弱的少女穆德古德，就得放我过桥。"

"那时我会让你过去的。"穆德古德说道。

赫尔默德兴高采烈地调转斯莱泼尼尔的马头，往回骑行，他穿过崎岖不平的峡谷，黑暗逐渐退去。他回到了地上，看到万物仍在哀悼巴德尔。赫尔默德兴奋地继续纵马向前。在世界正中他看到了华纳众神，把这个好消息告诉了他们。

赫尔默德和华纳诸神在世间穿行，找到每一样事物，发现它们都在为巴德尔哭泣。但是有一天，赫尔默德撞见了一只乌鸦，它栖息在一棵树的枯枝之上。当他走近时，乌鸦并不在为巴德尔哀悼。乌鸦起身飞走，赫尔默德跟在它身后，想确认它会为巴德尔哀悼。

在一个洞穴附近，赫尔默德跟丢了乌鸦的踪影。接着在山洞前，他看到了一个满嘴黑牙的妖婆，扯起的嗓门里毫无悲痛。"如果你是那只飞到这里来的乌鸦,请你为巴德尔哀悼。"赫尔默德说道。

"我,索克特,才不会为巴德尔哀悼,"巫婆说道,"让海拉得偿所愿吧。"

"万物都为巴德尔流泪。"赫尔默德说道。

"我可没有眼泪为他而流。"女巫说。

说着,她一瘸一拐地进了她的山洞。当赫尔默德准备跟在她身后时,一只乌鸦振翅飞出。他看出这只乌鸦就是邪恶的女巫索克特所变。赫尔默德跟在乌鸦的后面,乌鸦穿梭飞翔在世间,一直呱呱地叫道:"让海拉得偿所愿吧,让海拉得偿所愿。"

于是赫尔默德明白过来,他也许无法再骑回海拉的住所。万物都知晓,在世间有一物不会为巴德尔哀悼。华纳诸神回到赫尔默德身边。赫尔默德骑在斯莱泼尼尔背上,耷拉着脑袋,垂头丧气地回到了阿斯加尔德。

此时阿萨和华纳诸神知道海拉不会接受赎金交换巴德尔了,阿斯加尔德洋溢着的欢快和满足气氛也消失殆尽,诸神准备好为巴德尔举行火葬。首先,他们将一件华丽的长袍盖在巴德尔的身上,在长袍的两边分别摆上他最珍贵的宝物。接着,他们都亲吻巴德尔的眉宇,同他道别。然而,巴德尔温柔的妻子南娜,扑倒在死者胸前。她的心碎了,悲痛而绝。阿萨和华纳诸神也失声痛哭起来。他们把南娜的遗体抬到旁边,让她和巴德尔并肩而卧。

巴德尔的遗体将被安放在他的巨船灵虹之上,妻子南娜伴他身旁。船将下水,让火焰燃尽一切。

但是阿萨和华纳诸神发现,他们当中没有人能拖得动巴德尔的大船。他们派人请来女巨人希尔罗金。希尔罗金骑着一匹巨狼到来,她手中的缰绳是盘曲的蛇。当她从狼身上下来之时，四名巨人紧拽住狼。女巨人走近船边，只推了一下，便让船下水。当船破浪而行时，巨浪拍打着船上的火焰。

船在水上前行，船上的火舌越窜越高。在冲天火光的映照下，一个身影正俯身在巴德尔遗体上方，在他耳边低语。那个人是众神之父奥丁。接着，奥丁走下船去，烈焰升腾，火光大盛。阿萨和华纳诸神一言不发地看着，泪水从他们脸上不停地淌下，万物齐悲，哭喊道："俊美的巴德尔死了，死了。"

当船上熊熊的火焰在四周燃烧，众神之父奥丁俯身在巴德尔上方时，他同巴德尔低声说了些什么呢？他说的是在阿斯加尔德上方还有一个天堂，即便是苏尔特的火焰也无法到达。奥丁还对巴德尔说，在烈火烧毁了人间和神界后，生命之美还会重现。

洛基受罚

乌鸦朝北飞去,一边飞一边呱呱叫道:"让海拉得偿所愿,让海拉得偿所愿。"乌鸦是女巫索克特所变,而索克特正是洛基本人。

洛基往北边飞,来到尤腾海姆的一处废墟。他化身乌鸦,在那里住下,以躲避诸神的滔天怒火。洛基告诉巨人,建造纳格法船的时机已到。纳格法船由死人的指甲做成,当诸神的黄昏到来,它将由巨人希米尔驾驶,进攻阿斯加尔德。听了洛基的话,巨人们当即开始建造纳格法,诸神和人类长久以来都希望这艘船晚一天开建。

后来洛基厌倦了尤腾海姆的废墟,飞去了南方的火焰之国。他化作一只蜥蜴生活在穆斯帕尔海姆的乱石堆中。当他告诉火焰国的巨人,弗雷已经失去了宝剑,提尔失去了右手,他们都非常高兴。

然而,在阿斯加尔德还是有一个人为洛基哭泣——她就是洛基的妻子希格恩。虽然洛基早已弃她而去,还表示了对她的唾弃,希格恩还是为她邪恶的丈夫流泪。

像之前告别尤腾海姆一样,洛基又离开了穆斯帕尔海姆,这次他去了人间。他明白在这个地方,诸神愤怒的天谴也许会降临到他头上,所以他计划好随时出逃。洛基来到了一条河边,几年之前,他正是在这里杀死了水獭,那是巫师的儿子所变[1]。就在水獭被杀时吃鲑鱼的那块石头上,洛基建起了自己的房子。他为它造了四扇门,这样就能看到四面八方。他身上的法力还能让自己变成一条鲑鱼。

洛基经常变成一条鲑鱼在河里游来游去,即使对身边游弋的鱼儿,他也抱有敌意。他用亚麻和纱线织了一张网,这样人类便有办法把那些鱼从水中捕捞上岸。

诸神对洛基的怒气并未消散。是他化身女巫索克特,让海拉得以拒绝接受赎金换巴德尔释放。是他把夺去巴德尔生命的槲寄生小枝塞到了霍德尔的手里。和平之邸中不再有巴德尔的身影,现在的阿斯加尔德变得空荡荡。想到那些将要降临到他们头上的可怕灾难,阿萨和华纳诸神内心的痛苦与阴郁与日俱增。奥丁在瓦尔哈拉宫整日所想的就是,怎样能召集英雄到他身边,为保卫阿斯加尔德助一臂之力。

诸神在世间四处搜寻,最后,他们找到了洛基为自己建造住所之地。洛基正在织网以便捕鱼,看到诸神从四面走来。他立即把渔网丢进了火里,渔网着火烧毁。他自己则纵身跳进河里,变成了一条鲑鱼。当诸神走进洛基的住处,只找到了已经熄灭的火堆。

然而,诸神中有一人能看穿眼前所见的一切。看到灰烬中渔网的残余,他便知道这是某种捕鱼用具的残片。照着灰烬中残存的原型,他也织了一张渔网,和之前洛基烧毁的那张网一模一样。

诸神手持渔网下到河中,把它撒入水里四处拖拽。洛基惊恐地发现,自己编织的东西竟成了对付自己的武器。他躺在河底的两块

---

[1] 参见第二部分中的《侏儒的宝物及其诅咒》。——编者注

石头中间，渔网从他头上掠过。

然而，诸神能够感觉到渔网碰到了河底的什么东西。他们在网上系上重物，再次拖着网从水里撩过。洛基知道这次自己是在劫难逃了，便从水底浮了上来，向大海游去。在他跃过一个瀑布时，众神看到了他。他们拖着网跟在洛基后面。托尔蹚水在后，准备只要洛基掉头就把他抓住。

洛基在河口露出了水面，四处张望，只见一只雄鹰在大海的滚滚波涛上空盘旋，准备突袭水里的鱼群。洛基调转了方向。他纵身一跃，跃过了诸神撒下的网。但是跟在渔网之后的托尔，用他有力的双手捉住了鲑鱼，无论洛基作何反抗，他都死死地抓住他不放。从来没有哪条鱼会如此死命挣扎。除了尾巴仍然被抓，洛基几乎挣脱了出来。可是托尔拽着他的尾巴，把他带到乱石之间，迫使他现出原形。

洛基落到了满腔怒气的诸神手中，他们把他带到了一个山洞，绑在了三块锋利的岩石中间。他们用狼筋做成的绳索绑住他，并把绳索变成了铁箍。诸神可以就此扔下洛基，让他五花大绑而又孤立无援。但是斯卡娣，她的体内流淌着巨人残忍的血液，觉得不让洛基受点折磨不满意。她找来一条有着致命毒液的大蛇，把它挂在了洛基头顶上方。蛇的毒液滴在洛基身上，一滴接着一滴，每时每刻都让他痛苦万分。于是对洛基的折磨持续不休。

然而，充满怜悯的希格恩前来帮助洛基减轻痛苦。她离开阿斯加尔德背井离乡，忍受着山洞里的黑暗和寒冷，她想帮助自己的丈夫少受点折磨。希格恩站在洛基上方，手里拿着一个杯子接着蛇的毒液，使他不用承受全部的苦痛。希格恩不时得离开去把装满的杯子倒空,这时蛇的毒液就会滴到洛基身上,他痛苦万分地叫唤,在镣铐中挣扎扭动。那时,人们就会感到大地在振动。[1]洛基一直被囚禁在那儿,直到诸神的黄昏到来。

---

[1] 古代北欧人认为这是地震的来源。——编者注

第四部分

伏尔松格之剑与诸神的黄昏

西格德的青春

在人间米德加尔德，有一位国王名叫阿尔弗，统治着北方的一个王国。他为人善良且富有智慧，宫殿中住着他的一个养子，名叫西格德。

西格德强壮而无畏。他是如此勇猛强健，还曾抓到过森林里的一头熊，把熊赶入国王的殿堂。西格德的母亲叫希奥尔迪丝。以前，在西格德还没有出生的时候，阿尔弗和他的父王曾横渡海洋进入一个国家探险。当他们深入国境，听到激战喊杀声震天。他们来到战场，却发现那里的战士已经无人生还，战场上只有尸首堆积如山。一位战士的遗体给他们留下了极深的印象，他白须而年长，面容神情是阿尔弗和他父亲都从未见过的尊贵。他的武器显示他是交战双方中一方的国王。

阿尔弗和他的父王穿过森林，寻找战争的幸存者。他们在森林的一个小山谷里发现了躲藏在那儿的两个妇女。其中一个高个子，有着一头红发和一双蓝色的眼睛，她眼神坚定，穿了身女仆服装。另一个人则穿着王后华美的裙袍，身形较矮，言行举止谨小慎微、畏畏缩缩。

当阿尔弗和他的父王走近她们时，一身王后打扮的妇人说道："大人，帮帮我们，保护我们吧，我们会告诉你宝物藏在哪里。莱格尼国王和西格蒙德国王间打了一场恶仗，莱格尼国王赢得胜利离开了战场，西格蒙德国王则被杀害，我们是他的家人，替他藏着宝物，可以告诉你们在什么地方。"

"那横躺在战场，神情高贵、须发皆白的战士就是国王西格蒙德吗？"

妇人答道："是的，大人，我就是他的王后。"

"我们听说过西格蒙德国王，"阿尔弗的父王说道，"他和他们伏尔松格族人的声名，在全世界传扬。"

阿尔弗没同两位妇人说话，可是他的目光一直落在那个一身女仆装扮的妇人身上。只见她跪在地上，正将一把断成两截的宝剑裹进一张兽皮里。

"你们要确保我们的安全，善良的大人。"穿王后裙装的妇人说。

阿尔弗的父亲，老国王说道："当然，西格蒙德的妻子，我们会保护好你和你的女仆。"

于是两位妇人把阿尔弗父子带到海边一处荒郊，告诉父子俩西格蒙德国王的宝藏在乱石堆中所藏位置。那里有许多金杯、巨大的臂环以及饰有宝石的项圈。阿尔弗王子和他的父亲把宝物搬上船，也把两名妇人带上了船。他们一行人扬帆离开了那里。

这就是阿尔弗国王的养子西格德出生之前发生的事。

阿尔弗的母亲是一个睿智的女人，很少有事情能逃过她的法眼。她看到儿子和丈夫带回国的两位妇人，发现女仆打扮的那人目光镇定,是一个大美人,而一身王后装束的人却畏首畏尾,缺乏庄重。一天晚上,当宫廷里所有的妇人都围坐在王后身边,借着大厅里火把的光亮纺羊毛时,国母开口问那个一身王后打扮的人道:

"我看你能很早起床,你是怎么在破晓前的黑夜里,知道天马上要亮的?"

身穿王后服装的妇人答道:"我在小时候,总是早起给奶牛挤奶,直到现在我还是会在相同的时间醒来。"

国母自言自语道:"这真是一个奇怪的国度,王家的少女竟然要起床给奶牛挤奶。"

接着国母又对女仆装束的妇人说道:"你又是怎么在天还黑的时候,知道黎明何时到来?"

妇人说道:"我的父亲给我一枚金戒指,我戴在手上,每当快到起床的时候,我总会感到它变凉。"

国母又自言自语道:"这真是一个奇怪的国家,那里的女仆竟然能戴金戒指。"

当在场其他妇人离开后,王后转向这两位被带到自己国家的妇人,对一身女仆装扮的人说道:"你是王后。"

于是那个身穿王后服装的人说道:"您说的对,夫人。她才是王后,我真的无法继续假装成别人。"

另一个妇人也开口了。她说道:"我确实才是你所说的王后——是战死沙场的国王西格蒙德的王后。因为另一个国王正在搜寻我的下落,我同我的女仆换了衣服,想以此来迷惑那些可能被派来抓我的人。"

"我是希奥尔迪丝,是国王的女儿。有很多人来我父王面前说亲，据我所知他们当中有两人的名声最为远扬：一个是国王莱格尼，另一个是来自伏尔松格家族的国王西格蒙德。我的父亲对我说，由我从这两人中间挑选一个。如今西格蒙德国王已经年老，可在当年，他是全世界最负盛名的战士，我选了他而不是莱格尼国王。"

"我和西格蒙德国王结为连理。但是莱格尼国王并未打消对我的执念，不久之后，他就率领大军前来与西格蒙德国王交战。我们把珠宝藏在海边，我和女仆在森林边缘目睹了整场战争的经过。靠着那无与伦比的宝剑格拉姆和身为伟大战士的力量，西格蒙德本来可以打退来袭的军队。可是突然之间，他被击倒了，我们也就这样失去了这场战争的胜利。只有莱格尼的人幸存下来，他们四处寻找我和西格蒙德国王的财宝。"

"我来到战场上我夫君倒下的地方，当我走近的时候，他穿着盔甲支起身子，告诉我他将不久于人世。那是莱格尼国王的人马眼看就要撤退的时候，一个陌生人闯进了战场。他挥舞手里的长矛，击向西格蒙德的宝剑格拉姆，这把无与伦比的宝剑断成了两截。西格蒙德也受了致命的伤。'一定是我命定要死'，他说，'因为打断我宝剑的是奥丁的长矛冈尼尔。只有那杆长矛才能击碎他送给我父辈的这把宝剑。我现在必须去奥丁为战死英雄而建的瓦尔哈拉宫殿了。'"

"'我好伤心，'我对国王说道，'因为我没能为伏尔松格家族生个儿子。'"

"'你没有必要为此哭泣，'西格蒙德说道，'你将会生下一个儿子，我和你的孩子，你要给他取名西格德。现在带走我这把断剑的残片，等我的儿子长到了能够成为战士的年纪，你就把这给他。'"

"接着，西格蒙德的脸垂向了地面，死亡降临到了他的头上。

奥丁的瓦尔基里把他的魂魄从战场上带走。我拾起断剑的残片,和我的女仆一道躲进森林中的深谷。后来,你丈夫和你儿子发现了我们,把我们带到了你们王国,哦,王后,在这儿我们受到了友善的对待。"

这就是西格蒙德的妻子希奥尔迪丝,对阿尔弗王子的母亲讲述的往事。

不久之后,希奥尔迪丝就生下了西格蒙德的儿子,并为他取名西格德。在西格德出生之后,阿尔弗的父亲去世,阿尔弗继任国王。阿尔弗娶了希奥尔迪丝这位一头红发、坚定高贵的美人。他在自己的宫殿里把希奥尔迪丝的儿子作为养子抚养长大。

西格蒙德的儿子西格德,在还未到征战沙场的年龄时,就因强健的体魄、敏捷的身手、无畏的勇气而家喻户晓。

人们说:"西格德虽然是伟大的家族——伏尔松格家族的后裔,可是他自己的风采一点都不输给先辈们。"西格德在森林中为自己盖了一个小屋,在那儿,他可以捕猎野兽,也可以与教授他各种技艺的人为邻。

西格德旁边住了一个叫雷金的人,他是一个铸剑者,性格狡诈精明。据说,雷金是一名巫师,已经活了很久,超过好几代人类的寿命。没有人能记得,也没有人的父亲能记得,雷金是何时到这个国家来的。他传授西格德打造金属器物的技艺,还传授他往昔的知识。然而,当雷金教西格德的时候,总是用奇怪的眼神看他,那不是看自己同伴的眼神,倒像一只山猫在注视比自己强壮的野兽。

一天,雷金对年轻的西格德说道:"人们说阿尔弗国王有你父亲的宝藏，可是他待你就像对待奴隶的孩子一样。"

西格德明白雷金这样说是想激怒他，好利用他来达到自己的目的。所以他说道："阿尔弗国王是一个明智又善解人意的国王，如果我对财富有所需要，他会让我拥有的。"

"你像一个小侍从一样跑来跑去，这不像国王儿子所受的待遇。"

"只要我高兴，我随时可以弄匹马来骑。"西格德说道。

"这可是你说的。"说罢，雷金离开了西格德，去照看铁匠铺里的火。

西格德还是被激怒了，他丢下正在打的铁，跑去了位于大河旁边的牧场。那里有一大群马匹，灰色的、黑色的、黑白相间的、栗色的，应有尽有，都是阿尔弗国王最好的马。当他走近马群吃草的地方时，看到旁边有一个陌生人，那个人年纪虽大，身体却很强健，穿了一件奇怪的蓝色斗篷，倚着一根手杖，在看马群吃草。西格德虽然还年轻，但已经在宫殿里见过形形色色的国王，他发现这个人的举止比他所见过的所有国王都要高贵。

"你是来为自己挑一匹马的吧？"陌生人对西格德说。

"是的，老人家。"西格德说。

"那你先把马群赶到河里吧。"陌生人说道。

西格德把马群赶进了宽阔的大河。一些马被水流卷走，另一些挣扎着游回，爬上了牧场的岸边。但是有一匹马游过了河，它扬首嘶鸣，好似在庆祝胜利。西格德记住了那匹马：那是一匹灰色的马，年轻气盛，鬃毛浓密平滑。他游过河去，抓住了那匹马，骑上马背，拉着它渡河又回到了牧场。

"干得漂亮，"陌生人说，"你骑的这匹马叫格朗尼，他是奥丁的坐骑斯莱泼尼尔的后代。"

"我也是奥丁子嗣中的一员。"西格德兴奋地说，他睁大的双眼，闪烁着太阳的光辉，"我是奥丁的子嗣，因为我的父亲是西格蒙德，他的父亲是伏尔松格，伏尔松格的父亲是利里尔，利里尔的父亲是西吉，西吉又是奥丁的儿子。"

陌生人倚着手杖凝视着眼前的年轻人，只露出了一只眼睛，可是西格德觉得，那只眼睛连石块都能看穿。"你所提的那些人，"陌生人开口说道，"都成了奥丁的剑士，被送到奥丁的英灵殿瓦尔哈拉，他们无一例外地被奥丁的瓦尔基里们选中，为阿斯加尔德而战。"

西格德大声说道："奥丁为了阿斯加尔德的战斗，从人间挑去太多勇敢又高贵的人了。"

陌生人倚着手杖，低下了头。"你会怎么做？"他喃喃自语，好像不是在对西格德说话，"你会怎么做？世界之树伊格德拉西尔的树叶正渐渐枯萎凋零，'拉格纳洛克'诸神的黄昏逐渐迫近。"接着老人又抬起头，对西格德说道："时机快到了，你将亲自保管你父亲宝剑的碎片。"

说完，穿着奇怪蓝色斗篷的陌生人爬上了山坡，西格德看着他从视线中消失。起先，他还拽住宝马格朗尼，但现在忽又调转马头，让它沿着河边奔跑，如疾风般飞驰。

宝剑格拉姆与巨龙法夫纳

西格德跨上他引以为傲的坐骑格朗尼，骑着它朝国王的宫殿奔去，想向阿尔弗国王和他的母亲希奥尔迪丝展示一下现在的自己。在宫殿门前，他大声呼喊伏尔松格之名，阿尔弗国王见到他，觉得眼前的这个年轻人能够以一当二十，母亲希奥尔迪丝则看到了他眼中燃烧的蓝色火焰，不禁自忖，西格德闯荡天下的雄姿将如鹰击长空一般。

在殿前展示完毕，西格德从格朗尼上下来，他用手轻抚爱马，告诉它现在可以回去与马群一起吃草。得意的马儿亲昵地朝西格德呼气，撒开蹄子欢快地跑开了。

接着，西格德大步离开，朝森林深处的小屋走去，那是他和狡诈的铁匠雷金一起工作的地方。他进去的时候，小屋里没人。但是在铁砧上，铁匠铺缭绕的火光中，躺着一件出自雷金之手的成品。西格德看了看它，心中不禁涌起一阵厌恶。

雷金的这件作品是一副盾牌，一副巨大的铁制盾牌。盾牌正面雕刻了一条恶龙，它全身被涂成红棕相间，正把身体伸出洞口。西格德觉得那是世界上最令人憎恶的形象，铁匠铺中摇曳的火光映照在它身上，袅绕的烟雾在它四周升腾，使它看起来就像一头真实地生活在自身火焰和瘴气中的恶龙，栩栩如生。

当西格德还在凝视盾牌上这令人憎恶的图案时，狡诈的铁匠雷金走了进来。他站在墙边袖手旁观，观察着西格德：只见他弓起背来，头发遮住了满是怒火的双眼，看起来就像一头在树篱后奔跑的困兽。

"啊，伏尔松格的后裔，你所看到的正是巨龙法夫纳，"雷金对西格德说，"但愿有一天，由你亲手了结它。"

"我不会同这样的怪兽交手的，"西格德说，"它对我来说太不好对付。"

"只要有把好剑在手，你就能宰了这条恶龙，赢得连你祖辈都未曾有过的荣光。"雷金低声对他说道。

西格德说："我会和先辈们一样，通过在战场上与人厮杀、征服王国来赢得荣光。"

"看来你不是真正的伏尔松格后代，不然就算是最危险、最致命的地方，你也会欣然前往，"雷金说，"你应该听过巨龙法夫纳的传说，我在盾牌上所刻的正是它的形象。如果你能骑马登上山巅，就能俯瞰到法夫纳所栖息的那片荒原。你可知那儿曾经是一片富饶的土地，人们在那里过着平静而又欣欣向荣的日子。可是法夫纳来到那里，在附近筑穴为巢，当他往返河流的时候，呼出的瘴气让土地渐渐贫瘠，万物凋敝，成为不毛之地，人们称其为格尼塔荒原。如果你是一名真正的伏尔松格后裔，现在就应该去杀死恶龙，让那片土地回归美丽安宁，让人们回到那里居住，让国王阿尔弗的疆域更为辽阔。"

"去杀恶龙不关我事，"西格德说，"我要去向国王莱格尼宣战，为我父亲报仇雪恨。"

"杀掉莱格尼，占领他的王国，相比杀死巨龙法夫纳又算得了什么呢？"雷金大声叫嚷，"让我告诉你一个没有人知道的关于法夫纳的秘密。法夫纳看守着一大堆黄金珠宝，它们都是世上从未有人见过的稀世珍宝。只要你能把他杀死，这些宝物就都是你的了。"

"我并不眼馋这些宝物。"西格德说道。

"世上没有宝物能比得上法夫纳看守的珍宝。那曾是侏儒恩德瓦尔从创世之初就保有的宝物。诸神曾经亲自将它们作为赎金交付。[1]如果你能赢得这笔财宝，你便如同诸神中的一员。"

西格德问道："雷金，你是怎么知道你所说的这一切的？"

"我就是知道，到时候我也会告诉你我是怎么知晓的。"

"那么到时候我再用心听你说吧。现在别再跟我说龙的事了。我要你打造一把剑，一把比这个世界上任何宝剑都强韧出色的利剑。雷金，你能做到吧，因为你可是人们公认技艺最精湛的铸剑者。"

雷金透过他那双狡黠的小眼睛注视着西格德，心想这是怂恿他提起干劲的最好方法。于是雷金拿出分量最重的铁块，把它们投入火炉，还拿出了神秘的工具，这些工具只有在打造精品时才会使用。

西格德一整天都在雷金身旁工作，让火势一直保持在最旺的状态，当剑身一次又一次被击打塑形时，西格德把水浇上去使其冷却。在工作之时，他心中仍然只想着剑的事情，还有怎样向莱格尼国王宣战，为他那在自己未出生前就被杀的父亲报仇雪恨。

---

[1] 参见第二部分中的《侏儒的宝物及其诅咒》。——编者注

西格德白天整日都在想着如何作战和那把锻造中的利剑。可是到了晚上，出现在他梦里的不是战争，也不是正在锻造的剑身，而是巨龙法夫纳。西格德看到了被巨龙呼出的瘴气所摧残的那片贫瘠荒原，看到了巨龙巢穴所在的山洞，看到它从洞里爬出来，身上的鳞片像锁子甲上的铁环一样闪闪发亮。它身躯之庞大，堪比行进中的军队。

第二天，西格德和雷金一起工作使宝剑成形。狡诈的雷金绞尽脑汁，把剑打造得看上去好似一把真正无敌的宝剑。接着雷金将剑打磨锋利，西格德则为其抛光。最后，西格德手握剑柄举起了这把大剑。

于是西格德拿起那副刻有巨龙法夫纳图案的盾牌，把它平放在铁匠铺的铁砧上，双手紧握大剑使出浑身力气向盾牌砍去。

这猛烈一击削掉了盾牌的一部分，但是剑身却在西格德的手中折断。他愤怒地转向雷金，大声喊道："你为我造了一把拙劣的剑。我还得和你一起铸剑，你必须为我打造出一把配得上伏尔松格的宝剑。"

于是他走出门去，唤来他的坐骑格朗尼，翻身上马，风驰电掣般地去了河边。

雷金拿来更多的铁块，着手锻造一把新剑，他一边工作，一边口诵着鲁纳文，内容是关于巨龙法夫纳所看守的那些宝藏。那天晚上，西格德梦到了他并不垂涎的宝藏，那是成堆的金子和成山的珠宝，光芒四射。

第二天，他帮雷金打下手，一同致力于打造一把比先前威力更大的剑。他们费了三天工夫，最后雷金交到西格德手里的是一把锋利光亮的宝剑,看起来比之前那把更有威力,更加出色。西格德又一次拿来刻有巨龙图案的盾牌,摆在铁砧上。他扬起手臂,用力砍了下去。剑刺穿了盾牌,但当它触及铁砧,又在西格德手中折断。

西格德愤怒地离开了铁匠铺,召唤自己引以为傲的坐骑格朗尼。他再一次飞身上马,如风一般飞驰而去。

他来到母亲希奥尔迪丝的卧室,站在她的跟前说道:"我必须得有一把更好的剑,比这世上掘出的金属打造的剑更有威力。母亲,现在是时候了,你必须把格拉姆的碎片交给我,它来自西格蒙德的剑,那是真正的伏尔松格之剑。"

希奥尔迪丝上下打量着他,看到自己的儿子已变得年富力强,足以成为西格蒙德那把伏尔松格之剑的使用者了。她叫他一道去了国王的殿堂,从她密室的一个大石箱里取出了兽皮包裹着的宝剑碎片。她把碎片交到儿子手中说道:"看啊,这就是断成两截的格拉姆剑的碎片。这把威力无比的宝剑是遥远的过去奥丁留在'子嗣之柱'里的,那是生长在伏尔松格家族住处的一棵大树。我的儿子,我想看它在你的手中重放光彩。"

之后希奥尔迪丝第一次无比热切地拥抱了西格德。她站在那里,一头红发披散周身,向他讲述了格拉姆旧日的辉煌以及先辈们的英雄事迹,这把宝剑曾在他们手中大放异彩。

西格德去了铁匠铺,叫醒了睡梦中的雷金,让他来看西格蒙德的宝剑闪闪发亮的断片。他吩咐雷金用这些断片为他打造一把适合自己的剑。

雷金在铁匠铺里工作了几天几夜,西格德寸步不离。最终,宝剑铸成了。当西格德把剑握在手中时,火舌沿着刀锋蹿行。

西格德再一次把刻有巨龙图案的盾牌放在了铁砧上面。他又一次手握剑柄，举剑朝盾牌全力砍去。手起剑落之间，剑刺穿了盾牌，还砍穿了铁砧，连铁砧的尖角也削了下来。西格德知道，自己手握的确实就是伏尔松格之剑。他走到铁匠铺外，叫来格朗尼，再一次如风般骑行飞驰到岸边。一些碎羊毛顺流而下。西格德挥剑朝水中的羊毛砍去，细丝状的羊毛竟与水流分离。无论是坚硬之物，还是细碎之物，格拉姆都能刺穿。

那晚西格德睡觉的时候，枕着伏尔松格之剑格拉姆入睡，但出现在他梦中的仍满是他白天未曾想过的东西：他所不屑的珠宝熠熠生辉、堆积如山；巨龙身上闪烁的鳞片，若隐若现，让他心生厌恶，不愿交战。

龙之血

西格德踏上征程，带着国王阿尔弗给他的勇士们，长驱直入杀父仇人统治的王国。每次交战都速战速决，打赢的几场战役也算不上惊险。莱格尼国王如今已经年老，对子民也管辖不力。西格德杀死了他，掠走了他的财宝，把他的土地归于国王阿尔弗治下。

但西格德对取得的胜利并不满意。他梦寐以求的酣战以及名满天下根本没有实现。他打响的这场战争同之前他的父亲西格蒙德及伏尔松格先辈们发起的战争相比又算得了什么？西格德越想越不满意。他率领众人从山巅回撤，从那山巅上能够望见巨龙出没之地。他下令士兵带着他赢得的战利品返回阿尔弗国王的宫殿。

士兵们走后，西格德继续待在山上，从那里俯瞰巨龙巢穴所在的格尼塔荒原。那里万物枯萎凋零、满目疮痍，巨龙法夫纳呼出的瘴气萦绕其间。他还看到巨龙蛰伏的巢穴，看到它出出进进时留下的踪迹。每天，巨龙从它那位于悬崖峭壁上的洞穴中出来，穿过荒地，到河边饮水。

整个白天，西格德从山上观察巨龙的巢穴，晚上他看到巨龙伸展身子探出洞外，循着老路穿过荒原，它走起路来就像一条借着众多船桨迅速航行的船。

西格德去了雷金所在的铁匠铺找他，他对这个狡诈的人说道："告诉我你所知关于巨龙法夫纳的一切吧。"

雷金开始说了起来，可是他的说辞古老又奇怪，还夹杂了很多鲁纳文。当雷金全部说完，西格德对他说道："你必须把你刚才告诉我的一切再说一遍，用我们今天熟知的语言。"

于是雷金说道："我刚才说的是关于那堆宝藏。恩德瓦尔从创世的第一天起就看守着它。但是阿萨诸神中的一位强迫恩德瓦尔把宝藏给他，那是成堆的黄金和珠宝，阿萨神族又把它们给了我的父亲赫瑞德玛。"

"因为杀了他的儿子奥托，阿萨神族把宝藏作为补偿给了赫瑞德玛。这笔财富如此巨大，前所未有。但是赫瑞德玛没能高兴多久。他的另一个儿子杀死了他，把宝藏据为己有。那个儿子名叫法夫纳，也就是我的哥哥。"

"之后法夫纳为了让任何人都不敢染指他的宝藏，变身成为一条恶龙，一条如此可怕以至于没人敢靠近的龙。而我雷金，被垂涎宝藏的念头折磨得痛苦不堪。我没把自己变为其他物种，不过，通过我父亲掌握的魔法，我让自己活得比人类的世世代代还要长久。希望在有生之年能看到法夫纳被人杀死，这样就能把巨额宝藏收入囊中。"

"伏尔松格的后裔啊，现在你知道该怎么处置巨龙法夫纳，以及它看守的那堆宝物了吧。"

"我才不关心它的那堆宝藏呢，"西格德说道，"我关心的只是它把国王的良田变成了荒原，它对人类来说是邪恶的生灵。我要赢得杀死巨龙法夫纳的荣耀。"

"用你手中的宝剑格拉姆就能杀死法夫纳!"雷金大声喊道,他的身体因渴望宝藏的冲动而颤抖不已。他兴奋地叫道:"用你手里的这把剑就能杀死它。听好了,我来告诉你怎样才能穿过它那层层的鳞甲给它致命一击。你要听好了,我已经都考虑好了。"

"巨龙前往河边的路线很清晰,因为它一直以来都走同一条路。你在路中间挖一口井,当法夫纳走到井上的时候,用你那无与伦比的宝剑格拉姆向上刺进它的鳞甲。只有格拉姆能刺穿它的鳞甲,这样法夫纳就必死无疑了,那堆财宝也就无人看管了。"

"雷金,你的提议很明智,"西格德说道,"我们去挖一口这样的井,我会按你说的方法刺向法夫纳。"

就这样,西格德骑上了心爱的坐骑格朗尼,到国王阿尔弗和母亲希奥尔迪丝那里露了个脸。之后,他跟着雷金去了巨龙出没的荒地,在巨龙常走的路上,他们挖了口井以便杀它。

西格德唯恐格朗尼在巨龙来的时候受惊嘶鸣,打算把它送回山中的一个洞里。带格朗尼走的人是雷金。"伏尔松格的后代,我很害怕,在这里也帮不上你什么忙,"雷金说道,"我还是离开,等着你把法夫纳杀死。"

雷金走后,西格德躺在他们所挖的井中,一遍遍地练习用剑向上突刺。他仰天躺着,双手握着威力无比的宝剑往上空刺去。

然而,当他躺在那儿的时候,想到了接下来可能会出现的死斗场景:如果他这样躺着,巨龙的鲜血和毒液会倾泻到他身上,把他腐蚀得骨肉模糊。想到这里,西格德赶紧从井里爬出,在边上又挖了另一口井,他在两口井之间为自己挖了一条通道,这样他就可以躲过巨龙流出的毒血。

当西格德再次躺入井里，他听到了巨龙的脚步声以及它发出的奇怪哀鸣。巨龙走过来时震天动地，西格德还听到了它的呼吸声。巨龙庞大的身形出现在了井口，接着它伸着脑袋往下看着西格德。

这是西格德挥剑刺龙的绝佳时机，他没有错过这稍纵即逝的瞬间。他用力挥剑从巨龙的肩下刺了进去，直插心脏。剑刺穿了巨龙的铠甲，也就是它身上那坚硬无比、闪闪发亮的鳞片。西格德拔出了剑，当法夫纳的毒血朝他所在的地方倾泻而下时，他通过两口井间的通道逃进了另一口井。

西格德从第二口井中爬了上来，看到法夫纳庞大的身躯仍在挣扎扭动。他走了过去，举剑直刺巨龙的脖子。巨龙跳将起来，企图凭借它那残破的身躯、致命的利爪、猛烈的吐吸和有毒的血液把西格德压倒在地。但是西格德跳到了一边，远远地跑开了。法夫纳发出了垂死的哀号声。用爪子击碎了岩石之后，它趴倒在地上，耷拉在井中的脑袋上满是自己的毒血。

雷金也听到了法夫纳的叫声，知道它已经被杀死，他下到战斗进行的地方。当他看到西格德还毫发无伤地活着，不禁发出愤怒的叫喊。因为在他的计划中，原想让西格德被法夫纳的毒血溺毙，毁尸灭迹。

但他还是强压下怒气，表面上露出对西格德满意的赞许。"如今，你将享有盛誉，"他大声说道，"你将被永远称为法夫纳的克星西格德。哦，伏尔松格的王子，你将享有先辈们都未曾有过的殊荣。"

雷金对着西格德不断恭维，因为既然西格德还活着，他便还想让他去做些事情。

"法夫纳已经被杀死了，"西格德说道，"打倒它并不轻松。现在我要去见见阿尔弗国王和我的母亲，法夫纳的宝藏对我来说真是一笔可观的战利品。"

"等等，等等，"狡诈的雷金说道，"你还没为我做什么事呢。用你的剑，剖开巨龙的尸体，帮我把他的心脏掏出来。等你掏出来后，把它烤了，我想吃上一些，这样我就会变得比现在更有智慧。是我告诉你怎样才能杀死法夫纳的，你就帮我一把吧。"

西格德按雷金的意思去做了。他挖出巨龙的心脏，把它穿在粗木棍上准备炙烤。那时雷金离开了，只有西格德一个人。当他站在火堆旁，朝火里添木柴时，森林陷入了巨大的静谧之中。

当西格德弯下身子准备用手把一根灰白色树枝拨弄到火堆中心时，烧烤中的巨龙心脏上滴下一滴血，落到了他的手上。血滴灼烧了他，他赶紧把手举到嘴边以缓解刺痛，他的舌头也尝到了巨龙滚烫的毒血。

西格德又去为火堆收集木柴。他来到林中的一片空地，那里有一些鸟儿。西格德看到有四只鸟停在一根树枝上。它们用鸟类的语言彼此交谈，西格德听到了它们的对话，听懂了它们在谈论些什么。

第一只鸟说："跑进山谷的这个人，头脑太简单了。他根本没想到刚才同他在一起、现在又离开的那人，是他的敌人，会拿根长矛来杀他。"

第二只鸟说："为了得到巨龙洞穴里的宝藏，他会杀掉他的。"

第三只鸟说："如果他自己把巨龙的心脏吃掉，就能拥有所有的智慧了。"

但是第四只鸟说："他刚才尝了一滴巨龙的毒血，能听懂我们在说什么。"

这四只鸟没有飞走,也没有中断谈话。取而代之的是,它们讲起了自己所知的一个奇妙处所。

鸟儿们唱道,在森林深处有一座宫殿,它被称为火焰之宫。火焰之宫有十堵墙,分别名为尤尼、埃利、巴利、奥利、维阿恩斯、维吉德拉斯利、德利、尤利、德灵格、埃特维阿德。每堵墙都是以建造它们的侏儒名字命名的。宫殿外围有一圈烈火,没有人能通过。宫殿里有一名熟睡的少女,她是世界上最富有智慧、最勇敢,也是最美丽的少女。

西格德站在那里,像着了魔一样听着鸟儿们歌唱。

突然间,鸟儿们改变了谈话的语调,它们的声音变得尖锐刺耳。

"看呐,看呐,"一只鸟叫道,"他朝这个年轻人攻过来啦!"

"他朝年轻人攻过来了,拿着一根长矛!"另一只鸟尖声说道。

"年轻人就要被杀死了,除非他身手足够敏捷!"第三只鸟厉声说道。

西格德转过身来,看到雷金紧逼而来,他手里拿了根长矛,表情狠戾又阴沉。要是西格德还在原先听鸟儿歌唱的地方多待一瞬,这根长矛就会把他刺穿。他手握宝剑转身投了出去,宝剑格拉姆扎在了雷金的胸口。

雷金大声喊道:"我要死了,我要死了,却没能摸一摸法夫纳看守的财宝。啊,那堆宝藏被施了诅咒,赫瑞德玛、法夫纳和我都因它丧命。但愿它的诅咒现在就降临到杀死我的人身上。"

接着雷金断了气。西格德拖着他的尸体,把它投到了井里,就在法夫纳的尸体旁边。接下来,他去了刚才烤龙心的地方,打算吃掉巨龙的心脏，成为最有智慧的人。他还想等吃完龙心，就去巨龙的洞穴，把那儿的宝藏带走，把它当作战利品献给国王阿尔弗和他的母亲。然后他就可以穿过森林，找到火焰之宫，那个世界上最聪慧、最勇敢、最美丽的少女熟睡的地方。

然而，西格德并没有吃到巨龙的心脏。当他回到之前炙烤龙心的地方时，他发现火焰已经把它烧成了灰烬。

西格蒙德和西格妮的故事

西格德站在荒原的一块高地之上,发出一声响亮的呼唤。他在召唤自己引以为傲的坐骑格朗尼。格朗尼在雷金安置它的山洞里听到了这声呼唤,便向西格德飞奔而去,它背上的鬃毛像流动的波浪,双眼闪烁着如火的光芒。

西格德飞身跃上格朗尼,骑着它去了法夫纳的洞穴。当他走进巨龙平日一贯憩息之地,看到一扇铁门矗立在眼前。依靠威力无比的宝剑格拉姆,他劈穿了铁门,再用有力的双手把门拉开。呈现在他眼前的是巨龙曾经看守的宝藏,那是成堆如山的黄金和璀璨夺目的珠宝。

然而,当他定睛查看这些珍宝时,西格德感觉到有某种邪恶的阴霾笼罩其上。这堆宝藏正是在遥远的过去静静躺在流水深处,由河神少女所看管的宝物。后来,侏儒恩德瓦尔迫使河神少女把宝藏交给了他。洛基又去把它从恩德瓦尔手里弄来,而在他这么做的时候,放出了对诸神产生邪恶影响的女巫古尔薇格。[1] 为了这堆宝藏,

---

[1] 关于洛基从恩德瓦尔手中夺走宝物的故事,参见本书第二部分中的《侏儒的宝物及其诅咒》。——编者注

法夫纳杀死了自己的父亲赫瑞德玛，而雷金也密谋杀死了自己的哥哥法夫纳。

西格德并不完全知晓这堆宝藏的来历，但是当他站在这堆闪闪发光的宝藏跟前时，它邪恶的阴影爬上了他的心头。他要把宝藏全都带走，可现在还不是时候。鸟儿们所说的故事还在他的脑海中盘旋，而且对他而言，绿色的森林要比宝藏的光芒更加顺眼。回来时他会带上箱子，把宝藏装车拉回国王阿尔弗的宫殿，但是首先他要从中拿些能随身穿戴的东西。

西格德在宝藏堆中找到了一顶金子做的头盔，把它戴在了头上；他又发现了一个巨大的臂环，把它套在了自己的胳膊上。而在臂环的顶上，搁着一枚小小的戒指，上面刻有一个鲁纳字母，西格德把那枚戒指也戴在了手指上。而这枚戒指正是洛基从侏儒恩德瓦尔那里抢走财宝时，恩德瓦尔下了诅咒的那枚。

西格德知道没人会穿过荒原，来到法夫纳的巢穴，所以他并不担心宝藏没人看管。他跨上了自己心爱的坐骑，朝森林进发。他要找到火焰之宫，那里沉睡着世界上最聪慧、最无畏，也最美丽的少女。西格德一路前行，金发上戴着那顶金光闪闪的头盔，熠熠生辉。

当他朝森林前进的时候，想到了自己的父亲西格蒙德，他已经为父亲报仇雪恨，他还想到了西格蒙德的父亲伏尔松格，想到了伏尔松格家族经受的苦难。

伏尔松格的父亲利里尔是西吉的儿子，西吉又是奥丁的儿子。正处盛年的伏尔松格绕着一棵参天大树为自己建了一所宫殿。巨树的树枝向上延伸直至屋顶，成为屋宇的横梁，它粗壮的主干雄踞在殿堂中央。这棵树被称为"子嗣之柱",绕它而建的伏尔松格家族殿堂则被称为"子嗣之厅"。

伏尔松格有许多孩子,有十一个男孩,一个女孩。他所有的儿子都身强力壮、战力高强,而居住在子嗣之厅的伏尔松格则是一位了不起的首领。

正是由于伏尔松格家族的女儿西格妮,一场争执和惨烈的死斗降临到了伏尔松格和他儿子们身上。西格妮是一个聪明又美丽的少女,她的芳名四处远扬。一天伏尔松格接到一位国王发来消息,请求他把西格妮嫁给他为妻。伏尔松格听说过这个国王的战绩,知道他的事情,于是邀请他来子嗣之厅做客。

于是国王西格吉尔和手下应邀赴约。然而当伏尔松格族人端详国王的脸庞,大家都不喜欢他的长相。西格妮躲到一旁说道:"这个国王内心邪恶,言不由衷。"

伏尔松格和他的十一个儿子一起商量。西格吉尔带了大队人马,如果拒绝交出西格妮的话,他很可能会把他们全都杀了,并且劫掠这个国家。再加上当初他们向西格吉尔发出邀请的时候,就已保证会把西格妮交给他。伏尔松格和儿子们在一起商讨了很久,西格妮的十个兄弟都说:"就把西格妮嫁给国王吧。他并不像她想的那般邪恶。"十个兄弟都如此表态,只有一个人大声说道:"我们不能把姐妹送到这个昏君手中,让我们下去战斗吧,我们的头顶有子嗣之厅的火光照耀。"

这话正是出自伏尔松格最年轻的儿子西格蒙德之口。

但是西格妮的父亲说道:"我们并不知道西格吉尔有哪些恶行,加上我们话也说出去了。今晚就让他和我们在子嗣之厅共享盛宴,让西格妮作为他的妻子离开我们,跟他走吧。"说罢,他们转向西格妮,发现她的脸苍白严肃。"父亲,兄弟们,就按你们说的办吧,"她说,"我会嫁给西格吉尔。"尽管她说得很响亮,但是西格蒙德还是听出了西格妮心底的声音:"这是伏尔松格家族的悲哀。"

宴席准备妥当后,国王西格吉尔和他的手下都来到子嗣之厅。大厅里灯火通明,桌椅都已摆好,盛满蜂蜜酒的大牛角杯在客人中间流转。宴会进行到一半的时候,一名陌生人闯入大厅。他比这里最高的人还要高大,举止威严让所有人都心生敬畏。有人递给他一杯蜂蜜酒,他一饮而尽。接着他从身披的蓝色斗篷下,拔出一把宝剑,它的光芒给原本明亮的大厅更添一重光彩。

陌生人走到大厅中央的子嗣之柱那里,把剑插进树里。周围的所有人一片沉默,接着他们听到了陌生人的声音,犹如洪钟般响亮:"谁能把这把剑从子嗣之柱中拔出,这把剑就归谁。"说罢,他离开了宴会大厅。

所有人都看向宝剑所插的位置,只见露出树干一手宽的剑柄闪着夺目的光芒。众人争先恐后都想上前尝试,还是伏尔松格发话制止了他们。他说:"还是让我们的客人,我的女婿西格吉尔国王第一个来试试握住剑柄,把陌生人的剑从子嗣之柱中拔下来,比较合适。"

西格吉尔国王走到树边,用手握住宽宽的剑柄,奋力去拔,可是他使出浑身解数,剑都没有移动分毫。由于拼尽全力,还是没能把剑拔出来,他黑下脸来,怒气冲冲。

其余的人也试着去拔剑,西格吉尔国王麾下的将军们也一样没能把剑拔出来。接着伏尔松格上前尝试,一样没能撼动宝剑。他的十一个儿子也一个接一个地奋力去拔。最后,轮到伏尔松格最小的儿子西格蒙德。西格蒙德用手握住宽阔的剑柄向外拔剑。看呐！剑竟然被他拔出来了。大厅又一次被宝剑夺目的光辉映照得更加明亮。

这是一把令人叹为观止的剑，它由最上乘的金属制成，工艺之精湛也是前所未有。所有人都对西格蒙德能赢得这把无与伦比的武器感到眼红。

西格吉尔用贪婪的眼神盯着这把宝剑说道："好兄弟，我愿意用和这把剑等重的金子来同你交换。"

但是西格蒙德不无傲气地对他说道："如果这把剑是为你打造的，你应该能把它拔下来。这把剑并不属于你，而属于伏尔松格家族的成员。"

西格妮看着国王西格吉尔，看到他的脸上浮现出更为邪恶的神情，她知道国王心中揣满对所有伏尔松格族人的恨意。

但是在宴会的结尾，她还是同西格吉尔国王结了婚，第二天她离开了子嗣之厅，与国王一同下到停靠着他那涂漆大船的岸边。当父亲和兄弟同她在岸边告别时，国王西格吉尔也邀请他们去他的国家看望西格妮，就像老友互访，家属探亲那样。直到每个伏尔松格家族成员都答应会去他的领地看望西格妮之后，国王才从岸上登船起航。国王还对西格蒙德说："当你前来拜访的时候，记得一定要带上你赢的那把神剑。"

这就是西格蒙德的儿子西格德向森林尽头前进时，路上所想的一切。

这次轮到伏尔松格和他的儿子们兑现对国王西格吉尔的诺言

189

了。他们备好了船只，告别矗立着子嗣之厅的国土，扬帆起航。他们在西格吉尔的王国海岸边登陆，把船只拖上沙滩，在那里露营，打算等到次日天光大亮时去国王的宫殿拜访。

然而，当破晓的曙光刚刚映照半边天时，一个披着斗篷、裹着头巾的人影来到伏尔松格的船旁，守夜的西格蒙德认出了她。"西格妮！"他说。西格妮叫醒了父兄，告诉他们一场针对他们的阴谋正在策划中。

"西格吉尔国王召集了大军准备对付你们，"西格妮告诉他们，"他痛恨伏尔松格家族的人，不分老幼无一例外，我的父亲和兄弟们，他的计划是率领大军把你们全都杀死。他还想把西格蒙德的神剑格拉姆据为己有。因此，我请你们，伏尔松格的族人们啊，快把船拖回海里，离开这个阴谋即将上演的地方。"

然而西格妮的父亲伏尔松格不听她劝。"伏尔松格家族的人，不会像亡命之徒那样逃离船已驶达的地方，"他说，"我们每一个人都已经承诺要去拜访西格吉尔国王，因此我们会去见他。如果西格吉尔是个懦夫，背信弃义，那么身为战无不胜的伏尔松格家族后裔，我们会去迎击他和他的军队，取他项上人头，把你带回到子嗣之厅。天已经亮了，我们该去国王的宫殿了。"

西格妮本来打算跟他们说说西格吉尔国王纠集的庞大军队，可是她知道伏尔松格族人从来听不进这些。于是她便不再说什么，低着头回到了西格吉尔的宫殿。

西格吉尔知道西格妮已经给自己的父兄通风报信。他叫来他所召集的人马，狡猾地把他们布置在伏尔松格一行必经之地。接着又派一人到船上传达欢迎的讯息。

当伏尔松格族人离开他们的船只，国王西格吉尔的军队就袭击了他们和随从人员。在沙滩上展开的这场战斗万分激烈。在团结一心、英勇无畏的伏尔松格族人面前，西格吉尔国王的精锐士兵一个个倒下。但是最后，伏尔松格还是被杀了，他的十一个儿子被俘，神剑格拉姆也被从西格蒙德手中夺走。

十一位伏尔松格王子被带到宫殿里国王西格吉尔的面前。看到他们，西格吉尔哈哈大笑。"你们现在不是在子嗣之厅，没法再用鄙夷的神色和轻蔑的语言来侮辱我了，"他说，"现在有个比拔剑出树更艰巨的任务等着你们。在日落前，我要看你们被这把剑剁成肉酱。"

在场的西格妮听到这些瞪大了眼睛、脸色苍白，她说："我不指望祈求你饶过我兄长的性命，因为我很清楚我的请求无济于事。但是西格吉尔，你听说过一句古话吗——'人将瞑目应得善待'。"

听到西格妮这样说，西格吉尔发出邪恶的笑声。"是啊，我的王后，"他说，"只要他们还能目睹自身的悲惨下场，我就会好好招待他们。他们不会一下子死去，也不会一起死掉，我会让他们眼睁睁地看着彼此一个个死去。"

于是，西格吉尔对手下的乌合之众下达了新的命令：把这十一个兄弟带去森林深处，把他们绑在大木桩上，让他们在那里自生自灭。这就是西格吉尔对伏尔松格家族的十一个儿子所做的事。

第二天，一个忠诚于西格妮的看守人来了，西格妮问他道："我的兄弟们后来怎么样了？"

看守说："一头巨狼到他们被绑的地方，袭击了他们中的第一个人，把他吞了下去。"

西格妮听到这个消息并未落泪，她狠下心来。"你再回去，"她

191

说,"看着接下来又发生什么。"

看守第二次来的时候说道:"你的第二个兄弟已经被狼吃掉了。"这次,她仍没流泪,但更加硬下心肠。

看守每天都来一次,告诉西格妮她兄弟们的遭遇。直到有一天,西格妮只剩一个兄弟还活着,那就是她最小的兄弟西格蒙德。

西格妮说:"我们并非无计可施。我想好应该怎么做了。你带一罐蜂蜜去西格蒙德被绑的地方,把蜂蜜涂在他脸上。"

看守照西格妮的吩咐做了。

巨狼再一次沿着林荫路来到西格蒙德被绑的地方。当它用鼻子嗅西格蒙德时,发现了他脸上的蜂蜜,便垂下舌头去舔西格蒙德的脸。西格蒙德于是便用利齿一口咬住了狼的舌头。狼用尽全身力气挣扎反抗,但是西格蒙德没有松口。同这头野兽的搏斗,使西格蒙德折断了绑他的树桩,接着他用手抓住巨狼,撕裂了它的下颚。

看守目睹了此景,把情况告诉了西格妮。她感到一阵狂喜,说道:"只要伏尔松格家族还有一人活着,就一定能向西格吉尔和他的家族报仇雪恨。"

看守仍然把守在森林的路上,他记下了西格蒙德为自己所建那座隐秘小屋的位置,并经常给西格蒙德带去西格妮的密信。西格蒙德过着猎手和亡命之徒的生活,即便如此,他并未离开森林。西格吉尔国王并不知道伏尔松格家族还有一人生还,并且就在他的身边。

西格蒙德与辛菲厄特里的故事

当西格德在森林中骑行的时候,脑海中想的都是他父亲西格蒙德生前死后的事,这些都是他的母亲希奥尔迪丝告诉他的。西格蒙德过了很长一段时间猎人和亡命之徒的生活,但是他从未远离过国王西格吉尔领地内的那片森林。他经常从西格妮那里得到密信。他俩作为伏尔松格家族最后的血脉,知道国王西格吉尔及其家族必定要为他们的背信弃义付出代价,遭受毁灭。

西格蒙德知道,他的妹妹会把她的儿子派来帮助他的。一天早上,一个十岁大的男孩来到他的小屋。他知道这个男孩是西格妮的儿子之一,西格妮想请他训练这个孩子成为不辱伏尔松格血统的战士。

西格蒙德几乎不看那个男孩,也不太跟他说话。他准备外出打猎,从墙上取下长矛的时候,对男孩说道:"小孩,这是装面粉的袋子。你把里面的面粉和好,做成面包。等我回来,我们就吃。"

等到西格蒙德回来,面包还没有准备,男孩站在那里,瞪大眼睛盯着面粉袋子。"你没有做面包吗?"西格蒙德问道。

"没有,"男孩回答说,"我不敢靠近这个袋子,里面有东西在动。"

"你胆小得跟老鼠一样。回你母亲那里,告诉她你不是做伏尔松格战士的料。"

西格蒙德如是说道，男孩哭着离开了。

一年后，西格妮的另一个儿子来了。和之前一样，西格蒙德也几乎不看他，不太跟他说话。"这是装面粉的袋子。把里面的面粉和好，在我回来前把面包做好。"西格蒙德说道。

等西格蒙德回来时，面包还没有做。男孩躲着袋子，缩在一边。

"你还没做面包吗？"西格蒙德问他。

"没有，"男孩说道，"袋子里有东西在动，我好害怕。"

"你胆小如鼠。回去跟你母亲说，你不具备成为一名伏尔松格家族战士的素质。"

男孩跟他的哥哥一样，哭着跑回去了。

那时西格妮没有其他的儿子。但是最后，她终于又生了一个，这个孩子是最后的希望。等小孩长大，她又把他送到西格蒙德那里。

当男孩出现在小屋里时，西格蒙德问他："你母亲跟你说了些什么？"

"什么都没说。她把手套缝在我手上，然后叫我把它脱下来。"

"你脱下来了吗？"

"是的，连着手上的皮一起。"

"那你哭了吗？"

"伏尔松格家族的人是不会为这点小事哭泣的。"

西格蒙德盯着男孩长时间仔细端详。只见他个子高大，面庞英俊，四肢健壮，眼神无畏。

"你想让我做些什么？"男孩问道。

"这是装面粉的口袋，"西格蒙德说道，"你把面粉和好，在我回来前做好面包。"

西格蒙德回来的时候,面包正在炭火上烤着。"你是怎样处理面粉的?"西格蒙德问道。

"我把面粉和了。里面好像有东西,我想大概是一条蛇,但我把它和面粉一起揉了,现在那条蛇正在炭火上烤着呢。"

西格蒙德听后哈哈大笑,用胳膊搂住男孩说道:"这面包你不能吃了,你确实把一条毒蛇和面粉一起揉了。"

男孩的名字叫辛菲厄特里。西格蒙德按照猎人和亡命者之道来训练他。他们四处报复西格吉尔的人。男孩虽然性格刚烈,可从来不说一句假话。

一天,西格蒙德和辛菲厄特里打猎之时,在漆黑的森林中撞见一座奇怪的房子。当他们走进屋里,看到两个男人正躺在那里呼呼大睡。他们的胳膊上都戴着巨大的金臂环,西格蒙德知道这两个人是国王西格吉尔的儿子。

在这两个酣睡的人身边他发现了几张狼皮,看起来像是刚脱下来的。西格蒙德便知道这两个人是易形者——他们可以变换自己的外貌,变成狼在森林中游荡。

西格蒙德和辛菲厄特里穿上了两个男人脱下来的狼皮,随之也变身为狼。他们像狼一样在森林中徜徉,时不时又变回人的模样。在变身成狼的时候,他们便攻击西格吉尔的人,所杀的人越来越多。

一天,西格蒙德对辛菲厄特里说:"你还年轻,我不想让你行事过于鲁莽。如果你碰到少于七个人的团伙,就跟他们开打。但如果你碰到的对手超过七个人,你就发出狼嚎,我会到你身边帮忙。"

辛菲厄特里保证他会照办。

一天,当西格蒙德化身为狼在森林中漫游时,听到了打斗的吵嚷，他停下来倾听是否有辛菲厄特里的呼唤，但是没有召唤声传来。西格蒙德便循着打斗的声音穿过森林寻找，沿途经过了十一具尸体。最后，他看到辛菲厄特里躺在灌木丛中，还是狼的外形，因刚才的打斗而气喘吁吁。

"你刚才和十一个人对阵，为什么没叫我呢？"西格蒙德问道。

"为什么非要叫你呢？我又不是那么弱不禁风，还是能打得过十一个人的。"

西格蒙德被辛菲厄特里的话激怒了。他盯住躺着的辛菲厄特里，狼皮中蕴藏的邪恶狼性控制了他。西格蒙德一下子跳到辛菲厄特里身上，用牙齿咬住他的脖子。

垂死的辛菲厄特里喘着粗气，奄奄一息。西格蒙德意识到自己双颚可怕的咬力，痛苦得嚎叫起来。

当他正在舔自己伙伴的脸时，看到两只鼬鼠撞在一起，它们开始相互攻击，第一只扼住了第二只的喉咙，用牙齿撕咬它，好似已置它于死地。西格蒙德目睹了整个战斗的经过和结果。然而接下来，第一只鼬鼠跑开了，它找来一种草药的叶片，敷住了伙伴的伤口。草药治愈了伤口，被咬的鼬鼠站了起来，又重新活蹦乱跳。

西格蒙德于是出去寻找鼬鼠带给同伴的那种草药。当他在找寻之际，看到一只乌鸦嘴里叼了片叶子。当他走近时，乌鸦把嘴里叼的叶子丢了下来，看啊，这正是鼬鼠给同伴带去的那种草药。西格蒙德拾起叶子，把它敷到辛菲厄特里喉咙的伤口上，伤口愈合了，辛菲厄特里恢复过来。他们回到了森林中的小屋。第二天他们烧毁了狼皮并向众神祈祷，祈求再也不受邪恶狼性驱使。此后，西格蒙德和辛菲厄特里再也没有易形。

伏尔松格家族的复仇及辛菲厄特里之死

如今辛菲厄特里已经长大成人，向西格吉尔国王报仇雪恨的时机已到，西格吉尔杀了伏尔松格，还是害伏尔松格十个儿子惨死的罪魁祸首。西格蒙德和辛菲厄特里戴上头盔，手持利剑，来到西格吉尔国王的宫殿。他们躲在大门入口处一桶桶的麦芽酒后面，等待士兵离开宫殿，准备伺机袭击国王以及随同人员。

西格吉尔国王年龄较小的几个孩子在宫殿里玩耍，一个孩子的皮球掉到地上。球滚到了木桶后面。一直盯着球的小孩发现有两个人蹲在那儿，他们手握宝剑，戴着头盔。

这个孩子跑去告诉了一个仆人，仆人又向国王禀报了此事。西格吉尔于是现身，身边簇拥着一群士兵，他下令士兵进攻这两个躲在酒桶后面的人，西格蒙德和辛菲厄特里跳将出来，同西格吉尔的手下奋战，但是他们两人还是战败被俘。

当时他俩并未被立刻处斩，因为在日落之后处死俘虏不合规矩。尽管如此，国王西格吉尔还是不愿让他们活在世上。他下令把两个人扔进地窖，往他们头上堆土，想把他们活埋。

国王的命令随即得到执行。一块大石板被投了下去，以把地窖隔为两半,这样西格蒙德和辛菲厄特里即使能听到彼此的呼救挣扎,也无法给予对方帮助。一切都遵照国王的命令办理。

然而,当国王的奴隶们正把草皮朝地窖口上填时,一个人来到他们中间。这个人身披斗篷,头上裹着头巾,朝辛菲厄特里所在的地窖一侧扔下某个用稻草裹好的东西。当草皮和沙土把他们头顶的天空遮蔽,不见天日时,辛菲厄特里对西格蒙德喊道:"我死不了,皇后往我这里扔了用稻草裹好的食物。"

过了一会儿,辛菲厄特里又对西格蒙德喊道:"王后朝我扔下来的食物里还有一把剑,它威力无比,我觉得它就是你跟我说过的那把神剑格拉姆。"

"如果它真的是格拉姆,"西格蒙德说道,"那它就能击穿石板。你用剑猛刺这石板试试。"

辛菲厄特里挥剑砍向石板,石板被刺穿了。接下来,他们各执剑的一端,把横亘在他俩中间的大石板一劈两半。之后,他们齐心合力,轻而易举地掀掉了盖在地窖口上的草皮和沙土,俩人再次重见天日。

在他们面前的就是国王西格吉尔的宫殿。他们来到宫殿,在宫殿前面堆放了些干燥的木柴,然后点着了它们,让殿堂燃起了熊熊火焰。当宫殿深陷火海的时候,国王西格吉尔来到门口嚷道:"是谁胆敢放火焚烧国王的宫殿?"

西格蒙德回应道:"是我,西格蒙德,伏尔松格家族的后裔,你必须对伏尔松格家族血债血偿。"

看到西格蒙德手握威力无比的神剑格拉姆,西格吉尔转身退回宫殿里。接着西格蒙德看到了脸色苍白、眼神坚决的西格妮,便对她喊道:"出来吧,出来吧。是西格蒙德在叫你。从西格吉尔熊熊燃烧的屋里出来吧,我们一起重返子嗣之厅。"

然而西格妮答道:"一切都结束了。现在大仇已报,我这一生也没什么遗憾了。我的兄弟,看到伏尔松格家族的血脉会从你身上延续下去,我很高兴。当初我同西格吉尔结婚时并不情愿,同他生活的日子里也不开心。但是如今我会欣然和他一起赴死。"

西格妮走进宫殿,只见大火将宫殿吞没,里面无人生还。就这样,伏尔松格家族的复仇故事终结。

在森林小道上骑行的时候,西格德遥想着父亲西格蒙德的生平作为,还有父亲那位年轻的族人辛菲厄特里,以及之后发生在他们身上的事情。

西格蒙德和辛菲厄特里离开西格吉尔的王国,回到了子嗣之厅所在的地方。西格蒙德成为一位了不起的国王,辛菲厄特里则成为他军队的指挥。

西格蒙德与辛菲厄特里之后的故事,则是关于西格蒙德如何同一个名叫堡格希尔德的女人结婚,而辛菲厄特里又是怎样爱上了一个女人,而这个女人又是堡格希尔德的兄弟的梦中情人。立场相反的年轻人之间进行了一场战斗,辛菲厄特里杀死了堡格希尔德的兄弟,那是一场公平的对决。

辛菲厄特里回到家里。为了让辛菲厄特里和王后能够和平共处,西格蒙德给了堡格希尔德大量黄金作为她失去兄弟的补偿。王后收下金子说道:"瞧,我兄弟的命就值这些。让我们谁也别再提起他被杀的事吧。"她对辛菲厄特里重返子嗣之厅表示欢迎。

尽管堡格希尔德对辛菲厄特里表现得十分友好,可是她心里还是想置他于死地。

那天晚上子嗣之厅举办宴会,堡格希尔德手拿一牛角杯蜂蜜酒,逐个招呼客人。她走到辛菲厄特里身边,把牛角杯举到他跟前说道:"哦,西格蒙德的朋友,喝下我手里的这杯酒吧。"

然而,辛菲厄特里读懂了堡格希尔德的眼神,他说:"我是不会喝这杯酒的,里面有毒。"

于是,为了避免王后对辛菲厄特里取笑挖苦,站在一旁的西格蒙德拿走了堡格希尔德手中的牛角杯。没有毒液或毒药能伤得了他。他把酒杯举到嘴边,把里面的酒一饮而尽。

王后对辛菲厄特里说道:"难道连其他人也得替你挡酒吗?"

那天晚些时候,王后又来到辛菲厄特里跟前,手里还是拿着牛角杯。王后把酒杯递给辛菲厄特里,可是他看到了她眼中流露出的恶意,说道:"这杯酒里有毒,我不喝。"

西格蒙德又一次拿走了牛角杯,将里面的酒一饮而尽。王后又一次嘲笑了辛菲厄特里。

第三次,王后又来到辛菲厄特里身边。在递出牛角杯前,她对在场的人说道:"就是这个人,他连像个男人那样喝光自己的酒都不敢。他的伏尔松格之心真是勇敢呐!"辛菲厄特里看到了她眼中的仇恨,她的嘲讽并未让他接受她敬的蜂蜜酒。与前几次一样,西格蒙德还是站在旁边,但是他已经厌倦再次挡酒,便对辛菲厄特里说道:"让酒从你胡须间流过就行。"

辛菲厄特里以为西格蒙德的意思是让他把酒从长着胡须的嘴边

倒进肚里，别再给他和王后制造矛盾。可是西格蒙德并不是这个意思，他是想让辛菲厄特里装出喝酒的样子，让酒从胡须间倒到地上。辛菲厄特里并未领会伙伴的意思，他从王后手中接过杯子，举到唇边，喝了下去。酒刚下肚，酒里的毒素便进入了心脏，辛菲厄特里在子嗣之厅倒地身亡。

西格蒙德对自己族人及战友的死感到万分悲伤，不让任何人碰他的遗体。他亲手抱起辛菲厄特里，把他带出宫殿，穿过森林，走向海边。当西格蒙德到达海边时，看到那里停靠着一艘船，有个人在船里。西格蒙德走近一看，发现那人年岁已高而且异乎寻常的高大。那人对他说道："我来帮你减轻一些负担。"

西格蒙德把辛菲厄特里的遗体放进船里，想在旁边找个位子。然而遗体一放进船里，没有船桨和帆助力，它便自动驶离了岸边。西格蒙德看着站在船尾的这位老人，知道他并非凡人，而是众神之父奥丁，神剑格拉姆的赠予者。

西格蒙德返回了宫殿。他的王后也死了。最后他同希奥尔迪丝结了婚，也就是后来西格德的母亲。现在，伏尔松格家族的西格德，西格蒙德与希奥尔迪丝之子，在森林的小道上骑行着，他身佩宝剑格拉姆，那顶来自巨龙宝藏的金色头盔，与他的金发相映熠熠生辉。

火焰宫中的布隆希尔德

　　林中道路指引着西格德前进，带领他登上一座山坡，最后他终于来到了山巅：在希恩达尔山上，树木稀疏的地方，风在其间自由徜徉，一座宫殿显现在苍穹之下。那正是火焰之宫，位于希恩达尔之上。西格德看到宫殿四周耸立着漆黑的高墙，被一圈熊熊烈火所围绕。

　　当西格德骑马向宫殿靠近，耳边传来火焰盘旋升腾的隆隆轰鸣。他坐在自己心爱的坐骑格朗尼上，长久地注视着黝黑的高墙以及环绕在四周的烈焰。

　　接着，他骑着格朗尼向火焰进发。要是换作另一匹马肯定会惊恐万状，但西格德胯下的格朗尼却依旧镇定。他们直冲火焰高墙，无所畏惧的西格德穿了过去。

　　现在西格德身处火焰宫殿的庭院中。那里静悄悄的，空无一人，也没有猎犬或马匹的喧嚣之声。西格德下了马，吩咐格朗尼待在原地别动。他打开一扇门，看到一间卧室，卧室的帷幔上绘有一棵大树的图案，那棵树有三条根，图案从一面墙上一直延伸到另一面墙。在卧室中央的躺椅上，有一个人正在那里沉睡。她头戴头盔，胸前戴着胸甲。西格德把头盔从那人头上取下，她的满头秀发从躺椅上倾泻而下，美丽夺目，光彩照人。这就是林中鸟儿曾经向他提起的少女。

西格德用剑砍断胸甲的系带，长久地凝视着少女。她的脸庞柔美而不失刚毅，可以顺服却不会屈服。她的手臂和双手强健优美，嘴唇丰盈，双目紧闭，眉黛标致清丽。

少女睁开了眼睛，将视线转向西格德，上下打量着他问道，"把我唤醒的人，你是谁？"

"我是西格德，西格蒙德之子，伏尔松格家族的后代。"西格德答道。

"你是穿过火圈到我这儿来的吗？"

"是的，正是这样。"

少女起身跪坐在躺椅上，向着光明展开双臂。"哦，白昼万岁，"她泪流满面地说道，"哦，光芒啊，白昼的子孙们万岁。哦，夜晚和夜晚的女儿们啊，愿你们看着我们，祝福我们。哦，阿萨男女诸神万岁！哦，一望无垠的米德加尔德万岁！愿你赐予我们智慧、口才、治愈的力量，不让任何虚假、怯懦之物接近我们！"

少女睁着大大的眼睛如此呼唤。那双眼睛中流溢着的是西格德从未见过的蓝色波澜，那是花海的湛蓝、天空的蔚蓝，也是剑锋的幽蓝。少女把那无比美丽的双眼转向西格德，说道："我是布隆希尔德，曾经是一名瓦尔基里，现在只是一个普通女孩，会像其他凡间女子一样知晓死亡、尝尽人间沧桑。然而，也有东西我可能不会知晓，那就是虚伪和怯懦。"

人们说她是世界上最勇敢、最聪慧，也最美丽的少女，西格德知道她名不虚传。他把宝剑格拉姆放在布隆希尔德脚下，口中念着她的名字"布隆希尔德"。他告诉她自己怎样杀死巨龙，怎样听林中的鸟儿说起她来。布隆希尔德从躺椅上起身，把一头秀发扎了起来。西格德吃惊地注视着她，她步态轻盈，好似在空中漫步。

他们坐在一起，布隆希尔德给西格德讲述了许多奇异而神秘的事情。她向他诉说了自己是怎样被奥丁从阿斯加尔德派去为瓦尔哈拉宫寻觅战死的勇士，她也会把胜利带给一心求胜的人们。她还告诉西格德自己怎样违背了众神之父的旨意，以及被逐出阿斯加尔德的原委。奥丁把睡眠之树的一根棘刺扎进她的身体，让她长眠，直到凡间最勇敢的男子来唤醒她。无论是谁，只要解开了胸甲上的系带就能取出睡眠之树的棘刺。"奥丁答应我，"布隆希尔德说，"身为凡间女子，我只会同世间最勇敢的男子结婚。众神之父在我沉睡的地方设下火圈包围，只有最勇敢的男子才能穿过它来到我的身边。是你，西格德，西格蒙德之子，伏尔松格家族的后裔来到了我身边。你是世上最勇敢的人，我认为你也是最英俊的人，就像挥舞利剑的阿萨神提尔一样。"

他们深情地交谈着，白天不知不觉过去了。西格德方才听到格朗尼在外面一遍又一遍地嘶鸣、呼唤着他。他流泪对布隆希尔德说道："请让我暂时从你眼前消失。我会成为世间最负盛名的英雄，然而我现在的名声还不像我的父亲和祖父那样显赫远扬。我确曾打败过莱格尼国王，也杀死了巨龙法夫纳，可这些还远远不够。我要让我的名字在这世间最为响亮，经受因此所要承受的一切考验。之后，我会再回火焰宫来找你。"

布隆希尔德对他说："那就按你说的去做吧，去弘扬你的美名，经受考验。我会等你,我知道除了你之外,没有人能成功穿过守护在我身旁的火焰。"

他们久久凝视着彼此,不再言语,接着握住彼此的手告别。两人许下誓言,发誓决不另娶或另嫁。作为信物,西格德摘下手上的戒指,给布隆希尔德戴上——这枚戒指就是原先恩德瓦尔所拥有的那枚。

西格德在尼伯龙根族人的宫殿

西格德离开希恩达尔,来到一个王国。统治那里的是尼伯龙根家族,这就像西格德的家族被称作伏尔松格家族一样。那个国家的国王名叫吉乌基。

吉乌基和他的王后以及他们所有的儿子,都对西格德的到来表示热烈欢迎,因为西格德日后很可能成为世间最负盛名的英雄。西格德与国王的两个儿子贡纳尔、霍格尼一起并肩作战,他们三人都为自己赢得了卓著的声望,不过西格德的名声远在那两人之上。

当他们三人从战场归来时,尼伯龙根族人的殿堂中一派喜气洋洋,西格德心中满怀对尼伯龙根家族的友善;他很欣赏贡纳尔、霍格尼这两个王子,还和他们结拜为兄弟。之后他们便情同手足。吉乌基国王有一个继子名叫古托姆,他没有参加西格德同那两个兄弟的结义。

战争结束之后,应他们邀请,西格德在尼伯龙根家族的宫殿里度过了整整一个冬天。他心中满是对布隆希尔德的回忆,急切地想骑上马去火焰之宫布隆希尔德身边,带她一同前往吉乌基国王将会赐予他的领地。但是现在他还不能回到她身边,因为他已经发誓要为他的结义兄弟提供更多的帮助。

一天,当西格德独自骑马前行时,听到几只鸟在交头接耳,他能听懂它们所说的话。其中一只鸟说道:"这就是西格德,他戴了那顶从法夫纳宝藏中拿来的神奇头盔。"另一只说道:"他不知道,依靠那顶头盔他就能像法夫纳那样改变自己的外形。他可以变成这种动物或那种动物,也可以变成不同的人。"第三只鸟说道:"他并不知道这顶头盔法力无边,可以助他完成壮举。"

西格德骑马回到尼伯龙根宫殿,在晚宴餐桌上他对尼伯龙根一家人说了今天所听到鸟儿们的对话。他把那顶神奇的头盔展示给他们看,还跟他们讲述了自己怎样杀死巨龙法夫纳,怎样得到了法夫纳的巨额宝藏。西格德的两个结拜兄弟也在场,他们都为西格德拥有这些神奇宝物感到欢欣鼓舞。

然而对于西格德来说,有比宝藏更为珍贵,比头盔更美妙的东西,那就是他对布隆希尔德的回忆。不过对此,他只字未提。

王后名叫格里姆希尔德。她是贡纳尔和霍格尼的母亲,也是他俩同母异父的兄弟古托姆的母亲。格里姆希尔德同国王还育有一女,名叫古德露恩。格里姆希尔德是世上最聪明的女人之一,当她看到西格德的时候,就知道他是世上最骁勇的战士。她想把他纳入尼伯龙根家族旗下,不仅仅是通过他同贡纳尔和霍格尼的结拜誓约,还想要借助其他的纽带。当她得知西格德拥有的巨额宝藏,更加想让他成为尼伯龙根家族的一员。看着西格德头上的金头盔和手臂上戴着的巨大臂环,格里姆希尔德暗下决心——西格德应当同她的女儿古德露恩结婚。不过,无论西格德还是少女古德露恩都不知道她的这一决定。

当王后仔细观察西格德的时候,她看出西格德心中的某段记忆让他看不到古德露恩的美丽可爱。王后懂得咒语和酿造秘酒的知识,因为她来自堡格希尔德王后的家族,后者曾用酒夺去了辛菲厄特里的性命。格里姆希尔德知道自己可以调制一种魔酒抹去西格德的记忆。

王后配制好了这种魔酒。于是在一天晚上,当尼伯龙根宫殿举办宴会的时候,王后把盛有魔酒的杯子塞进古恩露德手里,吩咐她把酒带去给西格德。

西格德从美丽的尼伯龙根少女手中接过杯子喝了下去。喝完之后,西格德放下手中的酒杯,站在来宾中间精神恍惚,浑浑噩噩。他像梦游一般回到了自己的卧室,之后的一天一夜他一言未发,神志不清。当他同贡纳尔和霍格尼骑马外出时,这两人问他:"兄弟,你掉了什么东西吗?"西格德也无法向他们说清,关于火焰宫中的瓦尔基里布隆希尔德的记忆,他已全部失去。

西格德看到古德露恩,好像是第一次把她看得真切,古德露恩的缕缕长发柔软美丽,双手娇嫩。她的眼神如花般柔美,言谈举止温文尔雅。她的举手投足也流露出同王国的公主相匹配的高贵气质。而当古德露恩第一次见到骑在格朗尼背上的西格德,看到他在金发之上戴着他的那顶金头盔时,她就爱上了他。

当野天鹅迁徙至湖边的季节来临,古德露恩去湖边看它们筑巢。当她在湖边时,西格德正好骑着马经过松树林。他看到了古德露恩,她的美让天地都为之失色。西格德勒住马儿,倾听她对野天鹅唱出的美妙歌声,那正是当年伏尔隆德为自己的天鹅新娘亚尔薇特所作的歌曲。

西格德的心中不再空空荡荡：自他在天鹅筑巢时节在河边看到古德露恩之后，心中就满是她的身影。现在，他又看着她在宫殿里和她的母亲一起坐着刺绣，或是照顾父亲兄弟，他对这位少女的喜爱与日俱增。

终于有一天，西格德向两个结拜兄弟贡纳尔和霍格尼请求把古德露恩嫁给他。这两位兄弟都非常高兴，好像天上掉了馅饼。他们把西格德带到国王吉乌基和王后格里姆希尔德跟前。国王和王后都对西格德要同古德露恩结婚成为尼伯龙根家族的一员而感到欣喜若狂，好像摆脱了所有的烦恼和忧虑，迎来了家与国的黄金时代。

当古德露恩得知西格德已经向她求婚时，便对王后说道："哦，母亲，您的智慧应该能帮助我不至于欢喜到发疯。我该怎样让他知道，他对我来说是那么、那么的珍贵。不过，我最好还是不要让他察觉，以免他以为我除了爱他之外一无所长。像他这样了不起的战士是不屑于这种儿女情长的。我要成为一名女武士陪在他身旁。"

西格德同古德露恩结为连理，尼伯龙根举国上下都一片欢腾。王后格里姆希尔德心想，尽管她给西格德所下魔药的药效会随着时间逐渐消失，可是他对古德露恩的爱意却会永远占据他的心房，让他人无法插足。

贡纳尔赢得美人归

西格德和古德露恩完婚后成为尼伯龙根家族的一员。他把法夫纳洞穴中的宝藏搬进了尼伯龙根的宝库。西格德又去了继父的王国，看望了阿尔弗国王和自己的母亲希奥尔迪丝。然而现在的他对火焰之宫以及翘首等待他的布隆希尔德都毫无印象。

后来，吉乌基国王去世，西格德的结义兄弟贡纳尔继位为王。贡纳尔的母亲想让他完成婚事，可他却说还没碰到想娶的女孩。

然而，当他和西格德待在一起，贡纳尔老会提起他日思夜想的一个远方女子。当有一天，西格德催促他说出那个女孩到底是谁，贡纳尔说她是诗人们口中传唱的最聪慧的姑娘，住在被烈火包围着的宫殿中，名叫布隆希尔德。她被环绕的火焰守卫着。

西格德没想到他机灵的兄弟竟会被传闻中的人迷得神魂颠倒，不禁感到好笑。不过，既然他对那个女孩的传说如此着迷，为什么不去找她把她娶回来呢？西格德问了贡纳尔这个问题。于是贡纳尔屈身问西格德是否愿意助他一臂之力，西格德握住他的手，发誓说会。

于是贡纳尔、霍格尼和西格德一起启程前往希恩达尔。他们一直骑行赶路，直到看到那被盘旋上升的火焰包围着的漆黑高墙。

西格德对这个地方毫无印象。贡纳尔面无表情的脸上露出了心急火燎的神色，他骑马上前想穿过火圈，驱使坐骑哥蒂走进火焰，可是无论他如何催赶，它也不愿穿过烈火。于是贡纳尔想到，若是骑着西格德的坐骑格朗尼，他就能穿过火圈。他便骑上格朗尼，走近燃烧着的火焰之墙。可是，格朗尼知道骑在它身上的是畏火之人，因此暴跳着不愿穿过烈焰。只有当背上的人是西格德时，它才会穿越火圈。

三个结义兄弟感到非常失望。不过当他们深思许久之后，智者霍格尼说道："有一种方法可以迎娶到布隆希尔德。那就是让西格德用他那顶神奇的头盔变成贡纳尔的样子。这样西格德就能骑着格朗尼穿过火焰之墙，以贡纳尔的外貌去见布隆希尔德了。"

聪明的霍格尼如是说道。西格德看到结义兄弟用恳求的眼神盯着自己，只能答应按他说的那样穿越火焰去布隆希尔德那里。借助神奇的头盔，西格德变成了贡纳尔的样子。接着，他跨上格朗尼向火焰之墙走去。格朗尼知道骑在背上的人英勇无畏，便穿过了燃烧的烈焰。西格德来到火焰宫中的庭院，他从格朗尼身上下来，吩咐它待着别动。

西格德走进宫殿，看到有个人正握着一把弓瞄准箭靶射击。她转身朝向他，西格德看到了她那美丽而又坚毅的面容，几缕秀丽闪亮的鬈发垂到脸边，双眼像是静谧大海中的星辰。西格德以为布隆希尔德手中的箭会把他射穿，可是并没有如此。布隆希尔德抛下弓，迈着好似凌空的步伐朝他走来。等布隆希尔德走近西格德，定睛看着他时，她发出了一声惊叫。

"你是谁？"她问，"你是谁，能够穿越熊熊燃烧的火焰之墙到我身边?"

西格德说道:"我是贡纳尔,国王吉乌基之子,尼伯龙根家族的后裔。"

"你是世上最勇敢的人吗?"她问。

"我已经穿过火焰之墙到你身边来了。"西格德答道。

"能穿过火焰之墙的人可以娶我,"布隆希尔德说,"这是鲁纳文写下的规定,必须照办。不过,我认为只有一个人能穿过火焰到我身边。"她看着西格德,眼中满是怒火。她大声说道:"哦,我会用战士的武器同你拼命。"接着,西格德感到她强有力的双手按在自己身上,明白她是想把自己摔倒在地。

他们搏斗起来,两个人都非常强壮,没有谁能撼动谁。就这样,天下第一的英雄西格德与瓦尔基里布隆希尔德对决起来。其间西格德抓住了布隆希尔德的手,上面戴着一枚戒指,西格德压弯了她的手指,把戒指摘了下来。

这正是恩德瓦尔曾经拥有的那枚戒指,也是西格德过去亲手给布隆希尔德戴上的。当手上的戒指被取下来后,布隆希尔德一下失去了力气,瘫坐在地上。

西格德用双臂抱起布隆希尔德,带她来到在外守候的格朗尼那里。西格德把她托举上马,自己则坐在她的身后,再一次穿过了火焰之墙。霍格尼和贡纳尔——西格德模样的贡纳尔正在外等候着他们。布隆希尔德并未看他们,只是用手捂着脸。西格德变回了自己的样子,骑马走在贡纳尔和霍格尼前面,朝尼伯龙根宫殿进发。

西格德回到了宫中,发现妻子古德露恩正和他的小儿子西格蒙德一起玩耍。他坐到古德露恩身旁,告诉她发生的一切:他是怎样为结义兄弟出力，帮贡纳尔得到瓦尔基里布隆希尔德的；他是怎样同布隆希尔德对决，制服了她，并从她手上摘下了现在戴在自己手上的这枚戒指。

正当他同妻子讲述这些事情的时候，古德露恩母亲给他下的魔药效力逐渐消失。西格德想起来了，昔日他曾经向火焰宫进发，曾经以自己的相貌骑马穿过火焰之墙。接着，他又想起喝下格里姆希尔德王后所制魔酒的那个夜晚他变得神志不清。西格德站在那里看着孩子们玩耍，看妻子忙活绣品，像是在梦中一般。

西格德站在那里的时候，贡纳尔和霍格尼走进尼伯龙根宫殿，身边还带着布隆希尔德。古德露恩起身迎接兄弟的新娘。在看到布隆希尔德的时候，西格德想起了所有的事情。当所有的记忆恢复，西格德从心底里发出一声震天长叹，竟将胸前锁子甲的系带都给挣断。

西格德之死

一天，贡纳尔的妻子即如今已是王后的布隆希尔德和西格德的妻子在河里沐浴。她们并不常在一起。布隆希尔德是世界上最自傲的女人，她总是对古德露恩态度轻蔑。当她们在一起洗澡的时候，古德露恩甩了甩头发，一些水珠飞溅到布隆希尔德身上，布隆希尔德于是离开她身边。西格德的妻子并不知道布隆希尔德对她怀有怨气，追着她向上游走去。

"布隆希尔德，你为什么往上游走这么远？"古德露恩不解地问道。

布隆希尔德没好气地回答："这样你就不会把头发甩到我身上来了。"

古德露恩听后僵在原地，而布隆希尔德则继续往上游走去，像一个生来就孤傲独行的人。古德露恩哭着问道："我的姐妹，你为何对我说出这样的话来？"

古德露恩回想起布隆希尔德从一开始就对她抱有敌意，经常用讽刺挖苦的口气和她说话。可她不明白是什么导致布隆希尔德如此待她。

古德露恩不知道这都是源于布隆希尔德对西格德的看法。西格德是第一个骑马穿过火焰之墙的人,他砍断了她护胸甲上的系带,带出了她身上的那根睡眠之树的棘刺,是他唤醒了她。她醒来之后,把所有的爱都给了他。布隆希尔德觉得,西格德却轻易就将她抛之脑后,爱上了别的女孩。身为一名曾经的瓦尔基里,她觉得自尊被践踏无几,心中只剩满腔怨愤。

"布隆希尔德,你为什么对我说这样的话?"古德露恩追问。

布隆希尔德答道:"你头发上的水甩到比你尊贵得多的人身上,而且她还是贡纳尔国王的王后,想想这有多么不成体统。"

"你确实同国王结婚了,可他并不比我的夫君更加勇敢。"古德露恩说道。

"贡纳尔才更勇敢。你凭什么拿他同西格德相比?"布隆希尔德说。

"西格德杀死过巨龙法夫纳,赢得了巨龙的宝藏。"古德露恩说道。

"贡纳尔穿过了火焰圈。但愿你能告诉我们大家,西格德也做过类似的事。"布隆希尔德说。

"是的,"古德露恩被激怒了,她愤愤地说道,"穿过火焰圈的人其实是西格德而不是贡纳尔。西格德当时化作了贡纳尔的相貌,他还从你的手指上摘下了这枚戒指,看呐,现在它就戴在我的手上。"

说着,古德露恩举起了那只戴有恩德瓦尔戒指的手来。布隆希尔德一下子就明白过来,古德露恩说的都是真的。第二次穿过火焰圈的人其实是西格德,就像他第一次做的那样。同她搏斗的人,摘下她手上戒指的人,以别人的名义厚颜无耻地向她求婚的人都是西格德。

布隆希尔德发觉自己被迎娶的事原来是一场骗局。她,身为奥丁的瓦尔基里,竟然不是同世界上最勇敢的人结为连理。从未遭遇过谎言的她,竟然被欺骗了。她现在说不出一句话来,原先所有的傲气都化为对西格德的仇恨。

于是,布隆希尔德跑去找丈夫贡纳尔,对他说她受了太深的侮辱,待在他的宫殿里再也不会觉得快乐,他将再也看不到她饮酒,或用金线刺绣,再也不会听到她说出友善的话。在说这番话的时候,布隆希尔德撕碎了正在织的织物。她哭得如此撕心裂肺,宫殿上上下下都能听得清楚。平素骄傲而不可一世的王后如此痛哭,人人为之惊诧不已。

西格德走了过来,想用法夫纳所有的宝藏来作为补偿。他还向布隆希尔德解释了自己为何会忘记她,请求她原谅自己的骗婚之举。但是布隆希尔德告诉他说:"西格德,你来得太晚了。现在我的心中只有对你刻骨的仇恨。"

当贡纳尔走近的时候,布隆希尔德对他说,如果他能杀死西格德,她就会原谅他,并且变得比以往任何时候都更加爱他。尽管布隆希尔德的煽动让贡纳尔深深动摇,可他还是不愿杀死西格德,毕竟西格德是他的结义兄弟。

接着,布隆希尔德又去找霍格尼,请求他杀死西格德,并告诉他如果西格德死了,法夫纳所有的宝藏便都归尼伯龙根家族所有。然而,霍格尼和西格德已经结拜为兄弟,不愿杀他。

有一个人没有同西格德结为兄弟,他就是古托姆,是贡纳尔和霍格尼同母异父的兄弟。布隆希尔德找到古托姆。古托姆并不愿意杀死西格德，不过布隆希尔德发现他是个意志薄弱、摇摆不定的人。有了古托姆，她便可以设法杀死西格德。布隆希尔德一心想要和西格德同归于尽，离开人间。

布隆希尔德用蛇毒和狼肉为古托姆做了一道菜，吃了这道菜的人会陷入疯狂。古托姆吃下它后精神错乱，听从了布隆希尔德的指示。布隆希尔德吩咐他去西格德睡觉的卧室，用剑刺穿他的身体。

古托姆按布隆希尔德的吩咐去做了。然而，西格德在死前拔出了神剑格拉姆，朝古托姆掷去，将他劈成了两半。

布隆希尔德知道大事已了，便走到外面，来到西格德得意的坐骑格朗尼站立的地方。她待在那里，用胳膊环抱着格朗尼的脖颈，曾经的瓦尔基里依偎着这匹奥丁坐骑的后代。格朗尼站在那里侧耳倾听。当听到古德露恩为西格德哭泣之声传来，它心碎而死。

人们把西格德的尸体从宫殿里抬了出来。布隆希尔德走到放置西格德遗体的地方，拔出一把剑刺进了自己的心脏。就这样，布隆希尔德也死了。她曾因违背奥丁的意愿而降为凡人，又因一场骗局而成为凡人的妻子。

人们把西格德和他坐骑格朗尼的遗体、他的头盔以及那金制的武具统统放进一艘巨大的涂漆船里。他们不由自主地把布隆希尔德放在西格德身旁，她那一头闪亮动人的秀发和美丽而严峻的脸庞如同生前一般。人们留下他俩长眠在船中，把船推向大海。当船驶到了水上，人们把船点燃，布隆希尔德便再一次沉睡在了火海当中。

就这样，西格德和布隆希尔德一同去了冥神海拉的地府，同巴德尔、南娜相聚。

贡纳尔和霍格尼来到笼罩着可怕诅咒的宝藏跟前，把这堆金光闪闪、璀璨夺目的宝藏运去河边。许多年前，赫瑞德玛的铁匠铺子以及侏儒恩德瓦尔的洞穴正是在这条河的旁边。贡纳尔和霍格尼站在河中一块岩石上，把这堆金银珠宝抛进了河里，恩德瓦尔的宝藏永远地沉入了河底水流深处。河神少女又重新获得了她们失去的宝物。不过，她们能够守护它并为此欢呼歌唱的日子并不长久，因为此时芬布尔之冬正向人间袭来，而拉格纳洛克——诸神的黄昏也即将降临到阿斯加尔德众神身上。

诸神的黄昏

大雪纷飞，降落在大地四方，刺骨的寒风四处肆虐，风暴遮蔽了日月。春天不至，夏天不至，也没有秋天能带来丰收和果实，严冬之后紧接着的还是严冬。这就是芬布尔之冬。

一连三年的严冬，第一年被称为寒风之冬：那时狂风四起，大雪压境，严霜铺地。在这可怕的凌冬之中，世间几乎没有孩童能熬过此劫。

第二年被称为利剑之冬：存活下来的人们为争夺所剩无几的食粮，抢劫、杀戮无所不做。兄弟间袭击相残之事见怪不怪，数不清的战争在世间上演。

第三年被称为恶狼之冬：居住在铁森林迦瑞沃德的老女巫，拿横尸野外和死于战场之人的尸骨来喂养恶狼玛纳加尔姆。恶狼疯长，身躯壮大，精力旺盛，日后将月亮玛尼吞噬下肚。住在瓦尔哈拉宫的英雄们将会发现，他们的座椅上溅满玛纳加尔姆巨颚中飞溅出的鲜血。对诸神来说，这是最后一场战役即将到来的信号。

在地府深处，冥神海拉居所边上的一只公鸡叫了起来。这只冥府铁锈色公鸡的啼叫，在地下更深处引起一阵骚动。尤腾海姆的一只深红色的公鸡费雅勒也叫了起来。听到它的叫声，巨人们醒了过来。在云端的阿斯加尔德上，一只金色的公鸡古林肯比也叫了起来，听到它的鸣叫，瓦尔哈拉的英灵们感到鼓舞振奋。

地底深处，一条恶犬狂吠起来。那是加姆，一条有着血盆大口的猎狗，在格尼柏洞穴中咆哮。听到吠声的侏儒们在他们的石门前呻吟。巨树伊格德拉西尔的每一根树枝都发出哀号。当巨人们开动船只时，巨大的声响划破了天际。当穆斯帕尔海姆的主人们集合马匹时，来回践踏奔走的隆隆脚步声也随之响起。

但是尤腾海姆、穆斯帕尔海姆及海尔仍然在战栗着等待时机：巨狼芬里尔也许还未挣断诸神捆绑它的绳索。如果它没有挣脱，诸神也许还不会覆灭。接着一阵山崩地裂声传来，芬里尔挣断了锁链。猎狗加姆在格尼柏洞中第二次狂吠起来。

接着穆斯帕尔海姆骑手们纵马飞驰的声音传来；紧接着的是洛基的笑声；然后是海姆达尔的号角被吹响；再接下来是瓦尔哈拉四百五十扇门砰地打开，每扇门中已经有八百名勇士准备好将鱼贯而出。

奥丁找智者弥米尔的头颅商量。奥丁是从智慧之泉的水中把弥米尔的头[1]拽上来的，他用所掌握的鲁纳文的魔力，让头颅开口同他交谈。阿萨、华纳众神以及由凡间米德加尔德精选出的恩赫里亚英灵战士在何处集结最好？他们用哪种方式同穆斯帕尔海姆、尤腾海姆和海尔的士兵对抗最为有利？弥米尔的头颅建议奥丁在维格里德平原迎战敌军，在此展开一场足以葬送所有邪恶势力的戮战，哪

---

[1] 阿萨神族曾一度与华纳神族爆发战争，后来谈判讲和，双方互派人质，阿萨神族派出的人质之一是智慧神弥米尔，但他后来因过于专横而被华纳神族杀掉，仅将他的首级还给奥丁。——编者注

怕让奥丁所统治的世界与之同归于尽也在所不惜。

穆斯帕尔海姆的骑手到达了比尔鲁斯特彩虹桥,他们要把诸神之城夷为平地,付之一炬。然而,比尔鲁斯特桥在骑手们的重压下断裂,他们无法到达诸神的城市。

约尔姆加德巨蟒围绕着世界,它从海底直起身子,洪水淹没了大地,残存下来的人类都被卷走。凶猛的洪流使大船纳格法浮起,那是巨人们经年累月用死人的指甲做成。大水也让冥界海尔的船只漂浮了起来。巨人希米尔驾驶着纳格法,它扬帆向诸神袭来,船上满载尤腾海姆的兵力,可谓倾巢而出。海尔的船只由洛基掌舵,巨狼芬里尔也在上面,他们一道奔赴最后的战场。

鉴于比尔鲁斯特桥已断,阿萨和华纳男女众神、恩赫里亚和瓦尔基里都骑马涉水,向维格里德挺进。奥丁骑马走在队伍的最前面。他戴着金色的头盔,手中握着长矛冈尼尔。托尔和提尔伴他左右。

在黑暗森林米尔科维德,华纳众神迎击穆斯帕尔海姆的骑手,后者从彩虹桥断裂的一端赶来,前后火焰缭绕,个个铠甲铮铮。尼奥尔德和他的巨人妻子斯卡娣正在那里,斯卡娣身着战袍,看起来凶猛无比;弗蕾娅也在那儿;弗雷把吉尔达作为女战士带在身边。苏尔特的宝剑光芒四射,除了弗雷送给斯基尼尔的那把剑外,没有任何一把宝剑能像它一样闪亮。弗雷和苏尔特交手,在这场战役中殒命,但要是原先那把神剑还在他手中,他就不会牺牲。

这时,有着血盆大口的加姆,第三次开始狂吠。它挣脱了世间的束缚,以迅雷不及掩耳之势朝维格里德平原冲去,诸神正在那里集结兵力。巨鹰赫拉斯威尔格在天际线边缘惊声尖叫,接着苍穹被撕裂。巨树伊格德拉西尔的所有树根都在摇晃。

在众神列兵布阵的地方，敌人从四面袭来，他们是：尤腾海姆和海尔的战船、穆斯帕尔海姆的骑手、张着血盆大口的猎狗加姆，还有从如今环绕维格里德平原的大海中浮出水面的巨蟒约尔姆加德。

奥丁对身边簇拥的诸神以及瓦尔哈拉的勇士们说了些什么呢？他说："这一仗，我们会献出生命，我们的家园也会被毁灭。但是我们仍然要战斗到底，以绝后患。"芬里尔从海尔的船上蹿了下来，它咧开大嘴，下颚抵触大地，上颚蹭及天空。众神之父奥丁出列迎击巨狼。托尔无法抽身帮助奥丁，因为他那时不得不对付蛇怪约尔姆加德。

奥丁被芬里尔吞噬屠戮。然而，年轻些的众神顶了上去。沉默之子维达前来和芬里尔面对面交锋，他用脚踩住巨狼的下颚，脚上所穿的靴子由世间所有鞋匠制鞋剩下的皮革碎片制成。维达用手撑着巨狼的上颚，撕裂了它的喉咙。芬里尔——诸神最凶恶的敌人就这样死了。

巨蟒约尔姆加德，本想倾泻出口中的毒液将一切淹没。可是托尔冲了过来，用米奥尔尼尔猛地一击捶死了它。接着，托尔后退九步，可是巨蛇还是把毒液喷到了他的身上。托尔双目失明，无法呼吸，浑身烧了起来。就这样，世界的捍卫者托尔也牺牲了。

洛基从船上跳了下来，同彩虹桥及诸神的守卫者海姆达尔交手。洛基杀死了海姆达尔，也被后者所杀。

提尔勇猛奋战，他曾经为了助诸神绑住巨狼而牺牲了右手。他非常英勇，靠着剩下的那只强有力的左手惩处了许多邪恶的对手。但他还是被张着血盆大口的猎狗加姆杀害。

穆斯帕尔海姆的骑手们也来到战场。他们的武器闪着寒光，在他们前后蔓延着吞噬一切的大火。苏尔特把火投向地面。巨树伊格德拉西尔被点燃，繁茂的枝干全部淹没在一片火海，世界之树被大火烧毁。不过，这场由苏尔特引向大地的无情大火，也把苏尔特自身及他所有的骑手全都吞没。

巨狼哈蒂追上了太阳苏尔，巨狼玛纳加尔姆也抓住了月亮玛尼。两头狼吞噬了太阳和月亮。天上的星星也纷纷陨落，大地被黑暗笼罩。

海水淹没了被烧成一片废墟的大地，由于不再有苏尔和玛尼，海面上的天空漆黑一片。然而最终海水退去，陆地又重新显现，绿意重归，美丽如初。一轮新的太阳和新的月亮出现在空中，她们分别是苏尔的女儿和玛尼的女儿。在其身后，也不再有恶狼追逐。

四位年纪较轻的阿斯加尔德神明站在世界之巅，他们分别是奥丁的儿子维达、瓦利以及托尔的儿子莫第、玛格尼。莫第和玛格尼找到了托尔的魔锤米奥尔尼尔，用它杀死了还在世间作恶的恶犬加姆和巨狼玛纳加尔姆。

维达和瓦利在草丛中发现了一些金色的石碑，上面以鲁纳文记载了老一辈众神的智慧。经由这些文字，他们得知在阿斯加尔德上方还有一处天堂，那是苏尔特的大火未能触及的宫殿吉姆莱，象征意志和荣耀的维莱和维伊掌管着那里。巴德尔和霍德尔从海拉冥界的居所出来。诸神坐在山顶上，彼此交谈，追忆着诸神的黄昏到来之前他们所知的秘密及发生的事情。

在一片森林深处有两人幸存下来。苏尔特的火焰没有烧到他们。他们沉睡在那儿，醒来时大地已经回春，美丽如初。这两个人靠早晨的露水为生。他们是一男一女，分别叫作里夫和里夫特拉西尔。他俩游走在世界各地，人间的男男女女都由他们及他们的子女繁衍而来，在世间各处生生不息。

全书译名表

A

Aegir 埃吉尔（远海之神）
Aesir 阿萨（神族名称）
Agnar 阿格纳（国王赫劳丁之子）
Alfheim 阿尔弗海姆
Alv 阿尔弗（国王，西格德的继父）
Alvit 亚尔薇特（女武神之一）
Andvari 恩德瓦尔（侏儒，拥有财宝）
Angerboda 安吉布达（女巫，洛基之妻）
Asgard 阿斯加尔德（阿萨诸神的乐园）
Atvarder 埃特维阿德（火焰宫的十堵墙之一）
Audhumla 奥拉姆布拉（大母牛）

B

Baldur 巴德尔（光明之神）
Barri 巴里（树林）
Barri 巴利（火焰宫的十堵墙之一）
Baugi 保吉（巨人苏东园的兄弟）
Beli 贝里（巨人）
Bergelmir 布里梅尔（巨人）
Bifröst 比尔鲁斯特（彩虹桥）
Bilskirnir 比斯基尼尔（托尔的宫殿，风之殿）
Borghild 堡格希尔德（西格蒙德之妻）
Branstock 子嗣之柱
Breidablik 布雷达布里克（巴德尔的宫殿）
Brisingamen 布里希嘉曼（项链）
Brock 勃洛克（侏儒，曾与洛基打赌）
Brynhild 布隆希尔德（女武神之一）
Bur 布尔（巨人）

D

Dellinger 德灵格（火焰宫的十堵墙之一）
Derri 德利（火焰宫的十堵墙之一）
Draupnir 德罗普尼尔（聚宝之环）
Dromi 德洛米（锁链名）

E

Einherjar 恩赫里亚（即英灵战士）
Elder 埃尔德尔（埃吉尔的仆人）
Ellie 埃莉（老妇，代表年老）
Elvidnir 埃尔维迪尔（海拉的宫殿）

F

Fafnir 法夫纳（巨龙）
Fenrir 芬里尔（恶狼）

224

Fensalir 芬撒里尔（雾之宫）
Fialar 法牙拉（侏儒）
Fialar 费雅勒（尤腾海姆的公鸡）
Fimaffenger 费玛芬（埃吉尔的仆人）
Fimbul Winter 芬布尔之冬
Freki 弗莱基（奥丁的两头狼之一）
Frey 弗雷（丰饶之神）
Freya 弗蕾娅（奥德之妻）
Frigga 弗丽嘉（奥丁之妻）
Frost 弗洛斯特

G

Galar 戈拉（侏儒）
Garm 加姆（恶犬）
Geirrod 基罗德（国王赫劳丁之子）
Gerda 吉尔达（弗雷之妻）
Geri 吉里（奥丁的两头狼之一）
Gerriöd 基罗德（巨人）
Gialarhorn 加拉尔号角
Gialp 嘉普（巨人基罗德之女）
Gilling 吉灵（巨人）
Gimli 吉姆莱（阿斯加尔德上方的天堂）
Ginnungagap 金恩加格（无底鸿沟）
Giuki 吉乌基（国王）
Giöll 吉奥尔（河名）
Gladsheim 格拉兹海姆（奥丁的宫殿）
Glapp 格莱普（巨人基罗德的仆人）
Glasir 格拉希尔（长有金叶的树）
Gleipnir 格莱普尼尔（锁链）
Gnipa 格尼柏（洞穴）
Gnita 格尼塔（荒原）
Gnomes 地精
Goti 哥蒂（贡纳尔的坐骑）
Gram 格拉姆（伏尔松格之剑）
Grani 格朗尼（西格德的坐骑）
Greip 格里泼尔（巨人基罗德之女）

Grid 格莉德（巨人老妇）
Grimhild 格里姆希尔德（古德露恩之母）
Grimner 格里姆尼尔（奥丁化名）
Groa 格萝亚（女巫）
Gudrun 古德露恩（西格德之妻）
Gullinkambir 古林肯比（阿斯加尔德的公鸡）
Gulveig 古尔薇格（女巫）
Gungnir 冈尼尔（长矛）
Gunnar 贡纳尔（国王吉乌基之子）
Gunnlöd 贡露园（苏东国之女）
Guttorm 古托姆（贡纳尔和霍格尼的兄弟）
Gymer 吉米尔（巨人，吉尔达之父）

H

Hati 哈蒂（恶狼）
Heidrun 海德伦（山羊）
Heimdall 海姆达尔（彩虹桥守卫者）
Hel 海尔（冥神）
Hela 海拉（冥神，海尔的别名）
Helheim 黑尔海姆
Helmgunnar 海姆古纳（国王）
Hermod 赫尔默德（巴德尔的兄弟）
Hindfell 希恩达尔（火焰宫所在地）
Hiordis 希奥尔迪丝（西格德之母）
Hladgrun 荷拉德古娜（女武神之一）
Hlidskjalf 希利德斯凯拉夫（瞭望塔）
Hnossa 赫诺丝（弗蕾娅之女）
Hrauding 赫劳丁（国王）
Hreidmar 赫瑞德玛（奥托、法夫纳和雷金之父）
Hrimfaxe 赫利姆法克斯（霜之马）
Hrymer 米弥尔（巨人）
Hrymer 希米尔（巨人）
Hræsvelgur 赫拉斯威尔格（巨鹰）
Hugi 休吉（巨人，代表思想）
Hugin 尤金（奥丁的乌鸦）
Hveigelmer 赫瓦格密尔（尼弗尔海姆的大锅）

Hyrroken 希尔罗金（女巨人）
Hödur 霍德尔（巴德尔的兄弟）
Högni 霍格尼（国王吉乌基之子）

I

Iduna 伊敦恩（青春女神，布拉吉之妻）
Ifling 伊芬（河名）
Iri 埃利（火焰宫的十堵墙之一）

J

Jarnvid 迦瑞沃德（铁森林）
Jörmungand 约尔姆加德（大蛇）
Jötunheim 尤腾海姆（巨人的世界）

K

Kvasir 卡瓦西（诗人）
Körmt and Ermt 科莫特和欧莫特（云之大河）

L

Laeding 雷锭（锁链）
Lif 里夫（"诸神的黄昏"的幸存者之一）
Lifthrasir 里夫特拉希尔（"诸神的黄昏"的幸存者之一）
Logi 罗吉（巨人，代表火焰）
Loki 洛基（火神）
Lygni 莱格尼（国王）
Lyngvi 石南岛
Læradir 徕拉德（神树）

M

Magni 玛格尼（托尔之子）
Managram 玛纳加尔姆（恶狼）

Mani 玛尼（月亮）
Midgard 米德加尔德（人间）
Mimir 弥米尔（智慧泉的看守者）
Mirkvid 米尔科维德（黑暗森林）
Miölnir 米奥尔尼尔（雷锤）
Modgudur 穆德古德（看守桥的少女）
Modi 莫第（托尔之子）
Munin 莫宁（奥丁的乌鸦）
Muspelheim 穆斯帕尔海姆（火焰之国）
Muspell 穆斯帕尔

N

Naglfar 纳格法（由死人指甲所造的船）
Nanna 南娜（巴德尔之妻）
Nibelung 尼伯龙根
Nidhögg 尼德霍（恶龙）
Niflheim 尼弗尔海姆
Niörd 尼奥尔德（近海之神，属华纳神族）
Norns 诺恩（命运三女神）

O

Odin 奥丁（众神之父）
Odur 奥德（奥丁的儿子）
Olrun 乌尔隆恩（女武神之一）
Ori 奥利（火焰宫的十堵墙之一）
Otter 奥托（赫瑞德玛之子）

R

Ragnarök "拉格纳洛克"末日毁灭（即"诸神的黄昏"）
Ran 澜（埃吉尔之妻）
Ratatösk 拉达托斯克（松鼠）
Regin 雷金（赫瑞德玛之子）
Rerir 利里尔（西吉之子）

Ringhorn 灵虹（巴德尔的船名）
rune 鲁纳文字（一种古老的有魔力的文字）

S

saga 萨迦
Sif 西芙（托尔之妻）
Siggeir 西格吉尔（国王）
Sigi 西吉（奥丁之子）
Sigmund 西格蒙德（西格德的父亲和儿子均用此名）
Signy 西格妮（伏尔松格家族的女儿）
Siguna 希格恩（洛基之妻）
Sigurd 西格德（伏尔松格家族的勇士）
Sindri 辛德里（侏儒勃洛克的兄弟）
Sinfiotli 辛菲厄特里（伏尔松格家族的勇士）
Skadi 斯卡娣（夏基的女儿，尼奥尔德之妻）
Skidbladnir 斯基布拉尼尔（云船）
Skinfaxe 斯京法克斯（光之马）
Skirnir 斯基尼尔（冒险者）
Skoll 斯考尔（恶狼）
Skulda 斯古尔特（命运三女神之一）
Sleipner 斯莱泼尼尔（奥丁坐骑）
Sol 苏尔（太阳）
Surtur 苏尔特（巨人）
Suttung 苏东园（巨人）
Svadilfare 斯瓦迪尔法利（巨马）
Svartheim 斯华特海姆
Sæhrimnir 沙赫利姆尼尔（野猪）

T

Thaukt 索克特（女巫）
The Ring of Increase 聚宝之环
Thialfi 提亚尔菲（农夫之子）
Thiassi 夏基（巨人，斯卡娣之父）
Thor 托尔（雷神）

Thrym 索列姆（巨人，曾偷窃雷锤）
Tyr 提尔（战神）

U

Uni 尤尼（火焰宫的十堵墙之一）
Urda 乌尔德（命运三女神之一，亦为泉名）
Uri 尤利（火焰宫的十堵墙之一）
Utgard 乌特加德（巨人城）

V

Vafthrudner 瓦弗鲁尼尔（巨人智者）
Valaskjalf 瓦拉斯吉雅弗（奥丁的宫殿）
Valhalla 瓦尔哈拉（英灵殿）
Vali 瓦利（奥丁的儿子）
Valkyries 瓦尔基里（女武神的统称）
Vanir 华纳（神族名称）
Varns 维阿恩斯（火焰宫的十堵墙之一）
Ve 维伊（吉姆莱的掌管者）
Vegdrasil 维吉德拉斯利（火焰宫的十堵墙之一）
Vegtam 威格坦姆（奥丁的化名）
Verdandi 贝璐丹迪（命运三女神之一）
Vidar 维达（奥丁的儿子）
Vigard 维格里德（平原名）
Vili 维莱（吉姆莱的掌管者）
Volsung 伏尔松格
Volva 伐拉（女预言家）
Von 瓦恩（河名）
Völund 伏尔隆德

Y

Ygdrassil 伊格德拉西尔（世界之树）
Ymir 伊米尔（巨人）

图书在版编目(CIP)数据

奥丁的子女：北欧神话故事集/(爱尔兰)科勒姆著；邢小胖译.—上海：上海社会科学院出版社，2016
 ISBN 978-7-5520-1112-8

Ⅰ.①奥… Ⅱ.①科… ②邢… Ⅲ.①神话-作品集-爱尔兰-现代Ⅳ.①I562.73

中国版本图书馆CIP数据核字(2016)第024419号

本书据以下版本译出
The Children of Odin: The Book of Northern Myths by Padraic Colum, Willy Pogany, from The Project Gutenberg EBook

奥丁的子女——北欧神话故事集

著　　者：	[爱尔兰]帕德里克·科勒姆(Padraic Colum)
译　　者：	邢小胖
责任编辑：	曹艾达
封面设计：	黄婧昉
出版发行：	上海社会科学院出版社
	上海顺昌路622号　邮编200025
	电话总机021-63315900　销售热线021-53063735
	http://www.sassp.org.cn　E-mail：sassp@sass.org.cn
照　　排：	南京展望文化发展有限公司
印　　刷：	上海展强印刷有限公司
开　　本：	890×1240毫米　1/32开
印　　张：	7.5
插　　页：	4
字　　数：	164千字
版　　次：	2016年5月第1版　2022年11月第12次印刷

ISBN 978-7-5520-1112-8/I·176　　　　定价：39.80元

版权所有　翻印必究